역사 속에서
걸어 나온
사람들

역사 속에서 걸어 나온 사람들

산월기山月記 | 이능李陵

나카지마 아쓰시 지음 | 명진숙 옮김
이철수 그림 | 신영복 감수

다섯수레

인간은 역사 속에서 걸어 나오고
역사 속으로 걸어 들어간다

신 영 복

이 책을 쓴 나카지마 아쓰시(中島敦)는 서른세 살의 젊은 나이로 요절한 불우한 작가이다. 그럼에도 불구하고 그의 작품에서는 서른세 살의 미숙을 조금도 느낄 수 없다. 인간 이해와 역사 인식에 대한 난숙하고도 깊은 시각은 지명(知命)의 나이를 넘긴 이에게마저 경탄을 금치 못하게 한다.

나카지마 아쓰시는 고작 20여 편의 작품을 남겼는데 이 책에 실린 〈이능〉과 〈제자〉 두 편만 중편이고 나머지는 모두 단편이다. 짧은 생애에 적은 작품을 남겼으며 그나마 대부분이 사후에 발표된 유고이다. 그의 문학적 성가(聲價) 역시 대부분의 천재 작가와 마찬가지로 사후에 얻은 것이다.

나카지마는 1909년 5월 5일 도쿄에서 교사의 아들로 태어났다. 세 살 때 부모가 이혼해 고향의 조모 슬하에서 길러졌다. 유명한 유학자인 조부가 세상을 떠난 직후였지만 그는 조부의 유풍이 짙게 남아 있는 가풍 속에서 유년 시절을 보내게 된다. 이것이 그의 작품의 근저를 이루는 한학의 기초가 된다. 여섯 살 되던 1915년 재혼한 아버지와 계모의 슬하로, 아버지의 임지인 나라현으로 가게 된다. 이 시절 그는 계모의 마음에 조금이라도 거슬리면 감나무에 묶였다가 아버지의 퇴근 직전에야 풀려나곤 하였는데, 이 사실을 어느 누구에게도 이야기하지 않았다. 그는 속에 단단한 아픔을 안고 자라게 된다. 1923년 첫번째 계모가 죽고 1925년에 두 번째의 계모를 그리고 1926년에 세 번째의 계모를 맞는다.

불우하고 고독한 가정에 비해 그의 학교 생활은 찬란한 양지였다. 줄곧 최우등 상장과 상패로 전교생의 기대와 동경을 한 몸에 받았다. 특히 그는 서울의 용산중학교 교사로 전임되는 아버지를 따라 용산국민학교 5학년에 편입학한다. 1922년

경성중학(현 서울고등학교)에 진학해 1926년 일본으로 돌아가 도쿄의 제1고에 입학하기까지 조선에서 학창 생활을 보냈다. 제1고 시절의 단편 〈순경이 있는 풍경〉은 당시 금기였던 관동대지진 때의 조선인 학살을 조선인의 시각으로 쓴 작품이다.

제1고를 졸업한 후 동경제국대 문학부 국문학과에 입학해 1933년에 졸업했다. 제1고 시절부터 복잡한 가정을 떠나 학교 기숙사로 거처를 옮겼기 때문에 문학에 정진할 수 있었으나, 늑막염으로 1년을 휴학하고 천식 발작에 시달리는 등 여전히 안락한 생활을 얻지는 못했다.

그의 결혼에는 곡절과 사연이 많다. 대학 시절 친구의 누님이 경영하는 마작 클럽의 여종업원 다카(橋本タか)와 '인생을 건' 애정을 나누게 된다. 다카는 아이찌겐(愛知縣)에서 태어났으나 어려서부터 양녀로 숙모집에 입양되고 다시 양오빠를 돕기 위해 상경한 얼굴이 희고 꾸밈없는 여자였다. 두 사람은 양가의 단호한 반대에 부딪쳐 격리, 이별, 오해 등 길고도 아

픈 세월을 인내한 다음 그가 요코하마 여자고등학교 교사로 부임한 1936년에야 이미 출생한 장남 다케시와 함께 비로소 가정을 꾸리게 된다. 두 사람 사이의 신뢰와 인내가 없었으면 이룰 수 없는 사랑이었다.

요코하마 여고 교사 시절 8년 동안이 그의 짧은 생애에서 가장 행복했던 시기였다. 비록 천식 발작으로 고통을 받았으나 대학원에 진학하는 한편, 집과 정원과 꽃과 처자와 함께 했던 시절이었으며 그의 문학 세계를 풍요하게 일구어낸 시절이었다.

그는 작고하기 1년 전 학교를 휴직하고 병을 치료하기 위해 남양으로 요양을 떠난다. 9개월여의 남양 요양에서 돌아오자 다시 폐렴이 악화되어 신열과 불면에 시달리다 결국 1942년 12월 4일에 세상을 떠난다. 《빛과 바람과 꿈》(1942. 7. 15)과 《남도담(南島譚)》(1942. 11. 15) 두 권이 생전에 출간된 창작집이다.

나카지마의 초기 작품 세계는 이른바 실존주의적 모색과

대응으로서 기본적으로는 '세계'와 '인간'에 대한 회의(懷疑)에서 출발하고 있다. 이는 주어진 소여(所與)에 대한 실천적 대결에 의해 세계 그 자체를 무한히 확대해야 한다는 의지를 확인하면서도 자기를 바칠 대상을 발견하지 못하고 있는 '관념적 고뇌'와 '형이상학적 미몽의 형이상학적 방기'가 그의 초기 문학의 정신적 영역이라고 평가된다. 나카지마의 이러한 실존적 정신 세계는 그의 유년 시절과 학창 시절의 유별난 환경과 만주사변과 군국주의 등 역사적 상황에 절망하던 일본 지식인들의 고뇌를 어느 정도 반영하는 것이기도 하다.

이 책에 실린 〈산월기〉 〈명인전〉 〈제자〉 〈이능〉은 그의 이러한 실존주의적 정신 세계가 그 관념성의 그림자를 내면화하고 소여(所與)와 '어리석음'에 좌절하면서도 자신의 '생' 그 자체를 팽팽히 맞세움으로써 생과 사를 역사 속에 각인시켜 나가는 과정이라고 할 수 있다. 절망의 심연에서 걸어 나와 사람들과의 관계 속으로, 다시 사회와 역사 속으로 걸어 들어가는 '실천의 인간상'을 구현해 내는 나카지마 특유의 문학 세계가 비정하리만큼 담담한 문장으로 형상화되어 있다.

〈산월기〉는 1942년 7월 《문학계(文學界)》에 발표된 첫 작품이며, 〈명인전〉은 같은 해 12월 《문고(文庫)》에 발표된 최후의 작품이다. 〈제자〉는 사후인 1943년 2월 《중앙공론(中央公論)》에 그리고 〈이능〉 역시 사후인 1943년 7월 《문학계》에 발표되었다. 특히 〈이능〉은 발표 이듬해인 1944년 8월 노석대(盧錫臺)가 중국어로 번역해 태평출판공사(太平出版公司)에서 출간할 정도로 본고장인 중국에서 높이 평가된 작품이다.

〈산월기〉는 당(唐)의 이경량(李景亮)이 가려 뽑은 《인호전(人虎傳)》을 대본으로 한 작품이다. 〈선실지(宣室志)〉 〈태평광기(太平廣記)〉계의 인호전이 아니라 후인들이 내용을 첨가한 〈당대총서(唐代叢書)〉계의 줄거리를 대본으로 삼았다. 중국 고담을 전거로 하고 있지만 〈산월기〉에서는 이러한 소재들이 전혀 다른 주제로 재구성되고 있다. 마지막 장면의 묘사만 하더라도 〈인호전〉에서는 원참이 이징의 가족을 찾아가는 후일담으로 끝나 고담의 전형을 답습하고 있지만, 〈산월기〉에서는 새벽달을 향해 포효하는 호랑이의 울음으로 끝맺은 것에서 알 수 있듯이 작가의 치밀한 계산을 읽을 수 있다.

〈산월기〉의 작품 주제는 산월기와 함께 〈고담(古譚)〉에 수록된 작품군에서 오히려 분명하게 제시되어 있다. 한마디로 광(狂)과 사(死)의 세계이다. 만주사변, 태평양전쟁, 군국주의에 대한 역사 인식을 바닥에 깔고 있으면서도 전체적으로는 인간 실존의 부조리 쪽에 중심이 기울고 있는 작품이다.

그러나 〈산월기〉에서는 고담이라는 허구를 빌려 이러한 실존적 문제를 객관적으로 상대화하는 한편, 오히려 '세계'에 대한 '자아'의 실천적 자세에 비중을 싣고 있다. 그 실천적 자세가 오로지 윤리적으로 접근되어 있지만, 그럼에도 불구하고 자아와 주체에 대한 작가의 관점이 분명하게 나타나 있다. 이 점은 주로 이징이 호랑이로 변신되는 계기에서 집중적으로 표현되고 있다.

짐승으로의 변신 즉 이징의 좌절은 한마디로 '겁 많은 자존심'과 '존대(尊大)한 수치심'으로 설명되고 있는데, 이것은

'존대한 자존심'과 '겁 많은 수치심'의 도치로 보인다. 그것
은 이러한 도치를 통해 자존심과 수치심의 내용을 밝히고 그
둘을 하나로 통합함으로써 인격의 총체성을 부각시키기 위한
의도적인 것이라고 생각된다. 부족한 재능과 그것을 들킬까
봐 두려워하는 자존심 그리고 평범한 사람과 어울리지 못하
고 낮은 데에 내려 서기를 거부하는 수치심을 하나로 묶어 이
것을 인간적 성실성과 실천적 자세의 방기로 규정한다.

　인간이 '광(狂)'과 '사(死)'의 부조리 속으로 매몰되는 과
정을 스승을 찾지도 않고 친구들과 어울려 절차탁마하기를
게을리하는 인간적 성실성의 방기, 즉 '어리석음을 위하여 죽
음으로써 세계를 무한히 확대하는' 자세의 방기로 설명한다.
"인생은 '무엇인가를 이루지 않기'에는 너무나 길지만 '무엇
인가를 이루기'에는 너무도 짧다"는 독백이 그것이다. 원참
은 이징의 시에 대해 그 탁월한 재능과 높은 격조를 인정하면
서도 '어딘가 미묘한 점에서' 부족함을 느끼는데, 이는 처자
식의 굶주림보다 사업의 성취에 집착하는 이징의 비인간적

불성실을 지적하는 것인지도 모른다.

〈산월기〉는 물론 시인 이징의 정신 세계와 시혼(詩魂)의 비극을 묘사한 작품이다. 그러나 그것은 어느 시인의 개인적인 문제라기보다 인간의 보편적 삶의 자세에 관한 것이라는 점에서 오히려 우리 자신의 비극을 대면하게 하고, 우리 스스로 기르고 있는 우리 내부의 '짐승'을 자각케 한다.

〈산월기〉는 일본의 고등학교 국어 교과서에 실릴 정도로 이미 고전의 반열에 올라 있을 뿐 아니라 암담했던 군국주의의 광기 속에서 일본 지식인들이 겪어야 했던 고뇌를 감동적으로 표현한 작품으로 높이 평가되고 있다.

〈명인전〉은 위에서 밝힌 바와 같이 그가 작고하던 그해 그달에 발표된 최후의 작품이다. 〈명인전〉 역시 〈산월기〉와 마찬가지로 중국의 고전에서 소재를 얻고 있다. 부분적으로는 《장자(莊子)》《전국책(戰國策)》 등에서 취했으나 기본 골격은 《열자(列子)》의 탕문편(湯問篇) 제14장과 황제편(黃帝篇) 제5

장을 중심으로 짜여져 있다. 그러나 작품의 전체 구성은 〈산월기〉와 마찬가지로 작가의 일관된 문학적 주제에 따라 재구성되고 있음은 물론이다.

〈명인전〉의 주인공 기창 역시 〈산월기〉의 이징처럼 성취에 집착하는 철저한 '행동인'으로 제시되고 있다. 다만 이징의 목표가 시작(詩作)이라는 정신적 영역임에 비해 기창은 '천하제일의 명궁'이라는 육체적이고 기술적 차원의 대상이라는 점에 차이가 있다. 그러나 이징은 '존대한 수치심'과 '겁 많은 자존심'으로 말미암아 결국 실패하는 데 반해 기창은 지사(至射)의 경지, 나아가 불사지사(不射之射)의 경지를 이룬다. 뿐만 아니라 '활' 그 자체의 이름과 용도마저 잊어버린 명인의 경지에 이르러 마침내 표정과 언어가 사라진 나무 인형처럼 이윽고 무위(無爲)로 화(化)하여 연기처럼 조용히 세상을 떠난다. 고뇌와 갈등이 해소되고 승화되는 구조이다.

그러나 작가가 제시한 '명인상'은 비록 우화의 형식을 빌렸다고는 하지만 피아시비(彼我是非) 등 일체의 차별을 무화

(無化)하는, 이를테면 관념성 속으로 물러나 숨어 버리는 신비적인 것이다. 특히 하산 후의 이야기는 시종 사람들의 소문과 후일담 그리고 간접적인 묘사로 일관되어서 명인상 그 자체의 신비성을 더욱 강화하고 있다. 이는 나카지마의 치열한 문학적 과제가 〈명인전〉에서도 미완인 채 노장(老莊)의 세계, 신비 속의 인간으로 비켜나고 만 아쉬움을 남겼다. 그리고 그는 작고했다.

그러나 그의 사후에 발견된 유고 〈제자〉와 〈이능〉에서 바로 이 문제가 줄기차게 추구되고 있음을 발견하고는 그를 아끼는 많은 사람들이 안도했다. 〈산월기〉에서 제시된 문제 의식이 〈명인전〉의 철학적 알레고리 속에서 미완의 형태로 관념화되는 과정을 거쳐 '인간 관계'와 '역사'라는 장대한 드라마 속에서 역동적으로 추구되고 있음을 알게 된다.

중편 〈제자〉는 초고의 끝에 소화(昭和) 17년(1942) 6월 24일 밤 11시라는 탈고 일시를 추정케 하는 기록이 덧붙어 있으며 제목도 〈자로(子路)〉에서 〈사제(師弟)〉로 그리고 다시 그 위에 종이를 붙여 최종으로 〈제자〉로 낙착되는 과정이 역력하다고 전해진다. 이 제목의 변경 과정이 이 작품의 주제를 이해하는 데 중요한 시사를 던져준다고 생각된다.

이 작품은 공자의 제자인 자로가 주인공이라는 점에서 〈자로〉라는 제명이 무리 없어 보인다. 그러나 〈자로〉에서의 '자로'는 개인으로서의 자로가 아니라 시종일관 스승 공자와의 관계 속에서만 살아 있는 자로이다. 그런 점에서 〈자로〉보다는 〈사제〉라는 제명이 더 적절하다 할 수 있으며, 작가가 이 〈사제〉라는 제명을 놓고 고민한 점이 이해된다.

그러나 그가 최종적으로 '제자'로 결정한 것은 사제 관계 그 자체가 분명 그의 주제가 아니기 때문이다. 제자인 자로를 통해서 파악된 스승 공자와, 공자의 압도적인 대기권 속에서 숨쉬는 제자 자로가 함께 달성시킨 사제 관계가 인간 관계의 빛나는 전범임에는 의심의 여지가 없지만 '관계' 그 자체는 어디까지나 조건이며 주체는 역시 '인간'이라는 작가의 인간

이해가 결국 〈제자〉로 제명이 낙착되게 했다고 생각된다.

〈제자〉는 《공자가어(孔子家語)》《논어(論語)》《사기(史記)》《춘추좌씨전(春秋左氏傳)》 등 많은 전적(典籍)을 뿌리에 두고 있다. 이러한 전적들은 물론이고 공자와 자로 역시 일반적으로 널리 알려졌기 때문에 〈제자〉에 묘사된 공자상에 대한 사계의 비판도 상당했던 것으로 전해진다. 이를테면 공자상이 지나치게 단순화되었고 상식적이라는 비판이 그것이다. 그러나 그것은 작품의 주제에 비추어 볼 때 오히려 작가가 의도한 것이라고 생각된다.

인간 관계 더욱이 스승과 제자라는 관계는 양당사자의 면밀한 분석에 의해 형성되는 가치 결합이 아니다. 더구나 자로에게 스승으로서의 공자는 어떠한 이용 가치와도 관계 없는 몰이해(沒利害)의 대상이고 순수한 경애의 대상이다.

공자는 자로의 시각을 통해 묘사되고 자로는 공자의 시각을 통해 묘사된다. 자공(子貢)과 재여(宰予)까지도 결코 객관적으로 묘사되지 않는다. 이것은 〈제자〉라는 제명이 암시하

듯 작품 주제의 관철이기도 하지만 나아가 작가의 인간관과
도 무관하지 않다고 생각된다. 인간을 개인으로서 이해하려
는 것은 실재하지 않는 것을 파악하려는 관념적 접근이다. 어
느 개인에 대한 인간적 이해는 개인이 맺고 있는 인간 관계의
총체 속에서 재구성됨으로써 비로소 가능하기 때문이다.

　이러한 나카지마의 인간 이해는 그의 정신사적 편력을 통
해 도달한 결론이기도 하다. 〈산월기〉의 '이징'과 〈명인전〉의
'명인'을 뛰어넘은 곳에 '자로'가 서 있는 것이다. 자로에게
는 '짐승'의 내면을 이루는 '겁 많은 자존심'이나 '존대한 수
치심'의 흔적이 없으며, 기창의 강한 행동 의지를 갖추고 있
기는 하되 그것의 지향점은 무위로 나아가는 관념화의 길이
아니다. 현실의 인간 관계 속에서 온당한 자기 위치를 찾아 그
곳에서 자신의 삶과 심지어 죽음까지도 정직하게 담아내는
너무나 인간적인 길에 그가 서 있는 것이다.

　자로와 공자의 만남은 이 작품의 서두에서 묘사되어 있듯
부정적인 만남이었다. 사이비 현자인 공자를 골려 주려는 유

협(遊俠)의 객기가 만남의 계기를 만들었다. 이러한 부정적 계기와는 상관없이 자로는 사제라는 인간 관계를 통해 자기를 발견하고, 자신의 운명을 자각하며, 공자단의 일원으로서 짊어져야 할 초시대적 사명에 자신을 바치는 정직하고 감동적인 인간 드라마를 완성한다.

자로의 공자에 대한 이해는 스승 공자와의 사상의 일치를 의미하지 않는다. 자로도 그것을 요구하지 않는다. 그럼에도 불구하고 그는 어느 제자보다도 스승에 가까이 다가선 제자이다. "어떠한 경우에도 절망하지 않고 결코 현실을 경멸하지 않으며 현재의 처지에서 최선을 다한다"는 '천하만대의 목탁'으로서의 초시대적 사명을 깨닫는다. 명민하고 재기발랄한 자공이 아니라, 논리 정연한 재여가 아니라 우직한 자로에게서 가장 깊이 있는 스승에 대한 이해가 가능했던 것이다. 다른 한편으로 자로에 대한 공자의 이해, 그것은 '이해'라기보다는 오히려 '신뢰'이다. '형식주의에 대한 본능적인 기피'가 우직한 실천성으로 전화되고 있음을 읽고 있을 뿐 아니라 "자고(子羔)는 살아서 돌아오되 자로는 죽으리라"는 것을 내다보고 있었다. 운명을 읽고 있었던 것이다.

자로가 죽어 소금절임이 되었다는 소문을 듣고 공자는 저립명목하여 눈물을 흘리며 집안의 젓갈류를 모두 내다버리고 이후로 일체 식탁에 올리지 않았다는 이야기로 끝맺고 있다.

우리는 누군가의 스승이고 동시에 누군가의 제자이다. 배우고 가르치는 관계가 인간 관계의 실상이며 이상이어야 한다면 〈제자〉가 갖는 의미는, 그것이 사회 역사적 과제를 인간관계라는 주관적 틀 속에 담으려 한 것임에도 불구하고 우리의 인간 이해에 깊이 있는 시각을 제공해 주는 것임에는 틀림없다. 어차피 먼 길에서는 짐을 덜 수밖에 없기 때문이다.

〈이능〉 역시 〈제자〉와 마찬가지로 사후에 발견된 유고이다. 퇴고를 거듭해 판독하기 어려운 곳도 적지 않을 뿐 아니라 제명도 명기되지 않은 채 남겨졌다. 그가 남긴 작가 수첩에는 '막북(漠北)', '막북비가(漠北悲歌)' 등 제명으로 추측되는 단어가 남아 있지만 〈이능〉이란 제명은 '가능한 한 주관이 개입

되지 않은 담백한 제명'으로 후카다 큐야(深田久彌)가 붙인 것이다.

〈이능〉은 한무제 때 흉노대군과의 처절한 전투에서 죽지 못하고 포로가 된 비운의 용장 이능(李陵)의 일대기이다. 그러나 작품의 전체 구성은 크게 3부로 나누어진다. 제1부는 이능의 원정과 패전, 제2부는 사마천의 고뇌와 《사기(史記)》의 집필, 제3부는 호지(胡地)에서의 이능과 소무(蘇武)의 이야기로 짜여져 있다.

이능이 역사의 실제 인물이었던 만큼 《한서(漢書)》의 〈이광소건전(李廣蘇建傳)〉〈흉노전(匈奴傳)〉〈사마천전(司馬遷傳)〉 등을 전거로 하고 있다. 《사기(史記)》의 〈이장군열전(李將軍烈傳)〉에도 이능에 관한 기술이 있으나 이능이 투항한 직후에 사기가 완성되었기 때문에 대부분 조부인 이광(李廣) 장군에 관한 것이고 이능에 관한 기록은 극히 간략하다. 따라서 〈이능〉은 작가가 그의 일관된 문학적 탐구 과정에서 재조명한, 이를테면 현재화한 이능상(李陵像)이다. 그러나 〈이능〉이 발표되자 곧이어 중국에서 번역되어 출판될 정도로 〈이능〉은 어쩌면 '전거 속의 이능' 보다 더욱 풍부한 '역사적 진실' 을 형 상화한 것인지도 모른다.

이능과 사마천, 소무 세 사람이 펼쳐 나가는 인간 드라마를 중첩시킴으로써 작가는 이 작품에서 분명 그의 문학적 주제 와 지평을 성공적으로 심화 · 확대하고 있다고 생각된다. 세 인간상의 중첩이기는 하되 사마천과 소무는 어디까지나 이능 의 고뇌를 조명하는 지점에 배치되었다. 이러한 구성은 작가 가 〈산월기〉〈명인전〉을 거쳐 〈제자〉에 이르기까지 집요하게 추구해 온 문학적 주제를 총화하려는 배려에서 이루어진 것 으로 짐작된다.

제1장에서의 이능은 한마디로 이징, 기창, 자로를 총화한 인간상으로 제시된다. 대담하고 진지한 무장으로서의 면모는 일체의 심리 묘사를 제거한 짧고 명징한 문체와 더불어 강인 한 용장 이능을 독자들 앞에 선명하게 세운다. 그리고 통절한 패전과 함께 비장(悲將)으로 전락한다.

이러한 비극적 전락은 사마천이나 소무의 경우도 마찬가지이다. 사마천은 궁형(宮刑)이라는 모멸로, 소무는 억류와 핍박이라는 형태로 무너져 내리듯 다가온다. 이능, 사마천, 소무를 3개의 꼭지점으로 하는 삼각형은 서로가 서로를 비추는 인드라의 구슬처럼 각자의 운명을 한층 더 깊게 조명해 준다. 사마천은 〈사기〉의 서술에 심혼을 쏟고, 소무는 상상을 절한 결핍과 곤궁 그리고 한(漢)에 대한 충절의 의미를 뛰어넘은 운명과의 직선적 대결을 보여 준다. 이능은 좌절의 땅에서 마상(馬上)의 무장으로서보다 더욱 처절한 대결, 지극히 내면적이고 사색적인 인식의 싸움을 겪어 나간다.

　한토(漢土)에 남은 가족의 처단, 흉노의 젊은 좌현왕(左賢王)과의 우정, 한인(漢人)의 허식과 흉노의 소박한 진실, 그 위에 소무의 결백한 의지와 완숙하게 흉노인화한 위율(衛律)의 안거를 좌우에 대비함으로써 이능이 겪는 고뇌의 내면이 한층 더 투명하게 나타난다.

　이윽고 소무는 빛나는 환국의 장도에 오르고 사마천은《열전(烈傳)》제70 〈태사공자서(太司公自序)〉를 끝으로 붓을 놓고 연소가 끝난 나뭇재처럼 사라져 갔다. 그리고 이능은 대사면과 한나라의 사신으로 호지를 찾은 옛 친구의 간곡한 설득과 회유에도 불구하고 끝내 귀환을 거부한다. 작가는 "그 후의 이능에 대한 기록은 아무것도 남아 있지 않다"는 구절을 적으며 지극히 담담한 어조로 끝마치고 있다.

〈이능〉은 역사의 와중에서 좌절한 운명을 뛰어넘은 장대한 인간 드라마로 읽히기도 하고, '국가와 개인의 문제'라는 사회·정치적 함의로 읽히기도 하며, 지식인의 지조의 문제 심지어 전향, 비전향의 시국 문제로 읽히기도 한다.

그러나 작가로서의 나카지마는 〈이능〉뿐만 아니라 〈산월기〉 〈명인전〉 〈제자〉에 이르기까지 시종일관 '술이부작(述而不作)'이라는 지극히 절제된 필의(筆意)로 역사의 사람들을 단지 현재에다 생환해 놓는데에 자신의 역할을 한정해 두고 있다. 견고하면서도 결코 과열하지 않는 그의 담담한 문장과 함께 그의 작품 도처에서 느껴지는 공간과 여백과 여유가 바로 그 점을 증거로 보여 주고 있다.

　모든 문학 예술작품의 여백은 곧 독자와 관객들의 창조적 공간이다. 독자들의 몫이고 책임이다. 뿐만 아니라 때와 장소를 초월해 생환된 역사의 사람들을 삶의 현장으로 인도하는 이른바 '생환의 완성'도 어차피 당대 사람들이 고뇌해야 할 몫이다. 그렇기 때문에 역사의 사람들을 살려내는 작업은 곧 역사를 완성시켜 가기 위한 실천이고 또 하나의 창조인 것이다.

　이 책은 분량이 많지 않지만 작품의 소재와 전거가 중국의 고전이기 때문에 한문과 일본어를 동시에 번역해야 하는 이중의 수고를 하지 않을 수 없다. 다행히 명진숙 선생은 일찍부터 일본 근세문학 부문에서 연학의 업적을 쌓아왔기 때문에 이 두 가지 과제를 쉽게 풀어 내고 있다. 작품의 내용을 깊이 있게 통찰해 낼 뿐만 아니라 면밀하게 계산된 문체의 변화와 흐름까지 정확하게 포착해 옮겨내는 데 훌륭한 역량을 보여 주었다. 남다른 수고에 감사드린다.

스스로 마음내키지 않으면 여간해서 붓을 들지 않는 이철수 화백의 삽화가 곁들여졌다. 이철수 화백의 그림은 처음부터 완강하게 꿈쩍도 않던 그가 원고를 읽고 나서 순전히 "책이 마음에 들어서" 마음내켜서 그린 그림이다. 나카지마의 문학 세계를 그이만큼 깊이 있게 다가설 사람도 드물 것이라고 생각된다.

끝으로 '책의 해'임에도 어렵기는 오히려 더한 출판 사정에도 불구하고 물색 모르는 필자의 권유를 거두어 이 책의 출판을 기꺼이 맡아 주신 다섯수레 김태진 사장님께도 감사드린다. 좀 더 좋게 만들려고 두 번 세 번 겹일을 마다 않으신 편집부 여러분의 수고에 대해서도 감사드린다. 좋은 책은 어쩔 수 없이 여러 사람의 희생으로 만들어질 수밖에 없는 듯하다. 많은 독자들로부터 따뜻한 성원이 있을 것으로 믿는다.

1993년 6월 15일

| 차 례 |

산월기 山月記

　당(唐)나라 현종(玄宗) 때인 천보(天寶)¹⁾ 말년의 일이다.
농서(隴西)²⁾ 사람 이징(李徵)은 학식이 많고 재능이 뛰어
나, 젊어서 진사시에 급제해 강남현(江南縣)³⁾의 위(尉)⁴⁾에
임명되었다. 그러나 남과 쉽게 타협하지 못하는 성격인데
다 자신의 실력에 비해 너무 낮은 관직에 머물러 있다는 생
각 때문에 항상 앙앙불락(怏怏不樂), 마음이 편치 못했다.
그래서 당장 갈 곳도 없으면서 관직을 박차고 물러나 버리
고는, 고산(故山) 괵략(虢略)⁵⁾ 땅에서 조용히 생활하며 모
든 사람과 교류도 끊은 채 오직 시를 짓는 일에만 심혈을
기울였다. 하급 관리로 남아 오랜 세월을 속물스러운 윗사
람들 앞에서 무릎을 꿇고 지내기보다는, 시인이 되어 후세
에 이름을 남기고자 하는 생각에서였다. 그러나 문명(文
名)은 생각처럼 쉽게 얻어지지 않았고 생활도 날로 궁핍해

졌다.

이징은 점차 초초해지기 시작했다. 이 무렵부터 몸은 마르고 뼈가 불거져 용모도 험상궂게 변한 데다 쓸데없이 눈빛만 날카롭게 빛나 진사에 급제했을 무렵의 아름다운 소년의 모습은 찾아볼 수 없게 되었다.

몇 년 후 이징은 가난을 못 이긴 나머지 처자의 의식 문제를 해결하기 위해 결국 절개를 꺾고 다시 동쪽으로 가 일개 지방 관리로 봉직하게 되었다. 이는 호구지책이기도 했지만 한편으로는 자신의 시작(詩作) 생활에 거의 절망했기 때문이기도 했다. 자신의 동년배는 이미 높은 자리에 있고, 예전에는 우습게 여겨 상대도 하지 않던 자들은 위에서 명령을 내리니, 왕년에 수재로 이름을 날리던 이징의 자존심이 얼마나 많은 상처를 입었는지는 쉽게 상상할 수 있을 것이다.

그는 모든 일에 만족하지 못하고 늘 남을 거스르기만 하다가, 급기야 더 이상 자신을 다스릴 수 없는 지경에 이르게 되었다. 1년 후 공적인 일로 여행을 떠나 여수[6] 강변에 머물렀을 때 결국 발광하고 말았다.

어느 날 이징은 한밤중에 갑자기 안색이 바뀌며 잠자리

에서 일어나더니 알 수 없는 소리를 지르면서 그 길로 어둠 속으로 뛰쳐나갔다. 그러고는 영영 돌아오지 않았다. 사람들은 근처의 야산을 다 뒤져 봤지만 아무런 흔적조차 찾지 못했다. 그 후 이징이 어찌 되었는지 아는 이는 아무도 없었다.

이듬해 진군(陣郡)[7] 사람 원참(袁傪)이 감찰어사(監察御史)[8]의 명령을 받아 영남 지방(領南地方)[9]으로 가는 길에 상어(商於)[10] 땅에서 묵게 되었다. 이튿날 날도 새지 않은 이른 새벽에 다음 행선지로 일행과 함께 출발하려는데 역리가 말하기를, 지금 가려는 길에는 사람을 잡아먹는 호랑이가 나타나니 밝은 대낮이 아니면 지나갈 수 없다, 지금은 시간이 이르니 잠시 기다렸다가 날이 밝으면 떠나는 게 좋을 듯하다는 것이다. 그러나 원참은 일행이 많은 것을 마음 든든히 여겨 역리의 말을 뿌리치고 그대로 출발했다.

새벽 달빛에 의지해 숲속 길을 지나는데, 과연 사나운 호랑이 한 마리가 풀숲에서 뛰쳐나왔다. 호랑이는 원참에게 달려드는가 싶더니 갑자기 몸을 휙 돌려 풀숲으로 되돌아갔다. 그러고는 인간의 목소리로 '하마터면 큰일날 뻔했구나' 하고 되풀이하여 중얼거렸다. 그 목소리는 원참이 어디선가 들은 적이 있는 귀에 익은 목소리였다. 원참은 놀랍고 경황없는 중에도 순간 그 목소리의 주인공이 떠올라 외쳤다.

"이 목소리의 주인은 나의 벗 이징 군이 아닌가?"

원참은 이징과 같은 해에 진사시에 급제했다. 친구가 적은 이징에게 원참은 가장 친한 벗이 되었다. 온화한 원참의 성격이 과격한 이징의 성격과 충돌하지 않았기 때문이다.

풀숲에서는 중얼거리던 소리가 멎고 흐느끼는 소리만 희미하게 들려올 뿐이었다. 조금 지나 나지막한 대답이 들려왔다.

그렇다네. 나는 농서의 이징이라네.

원참은 두려움도 잊은 채 말에서 내려 풀숲으로 다가가 오랜만에 옛 친구와 목소리로나마 인사를 나누었다. 그리고 왜 풀숲에 숨어서 나오지 않느냐고 물었다. 이징의 목소리가 대답했다.

나는 지금 짐승의 몸을 하고 있다네. 어떻게 창피한 줄도 모르고 이 비참한 모습을 옛 친구인 자네 앞에 내보일 수 있겠나. 그리고 지금 내 모습을 본다면 자네는 틀림없이 두려워서 피하고 싶을 걸세. 그러나 나는 지금 뜻밖에도 옛 친구와 이렇게 만나게 되니 부끄러운 생각도 잊어버릴 만큼 기쁘다네. 제발 잠시만이라도 좋으니, 나의 추악한 외모를 상관 말고 예전에 자네의 친구 이징이었던 지금의 나와 이야기를 나누지 않겠나?

나중에 생각해 보면 참으로 이상하리만큼, 그때의 원참은 이 초자연의 기이함을 그대로 받아들이고 조금도 의심하지 않았다. 그는 부하에게 명해서 행렬을 멈추었다. 그리고 풀숲 가에 서서 보이지 않는 친구와 이야기를 나누었다. 원참은 서울 장안(長安)[11]의 사정과 옛 친구들의 소식 그리고 자신의 현재 지위를 얘기해 주었고, 소식을 들은 이징은 축하를 건넸다. 젊은 시절 절친했던 친구끼리의 격의 없는 말투로 이야기를 주고받은 다음, 원참은 이징이 어떻게 지금의 몸으로 변하게 되었는지 그 까닭을 물었다.

지금으로부터 1년 전의 일일세. 여행을 떠나 여수 강가에서 묵던 날 밤이었네. 한숨 자고 나서 눈을 떴더니, 문밖에서 누가 내 이름을 부르는 게 아닌가. 그 소리를 좇아 밖으로 나가 보았지. 그 소리는 어둠 속으로 멀어지면서 자꾸 나를 불렀네. 나는 생각 없이 그 소리를 따라 달리기 시작했네. 정신없이 달리는 동안 어느새 길은 숲속으로 접어들었고, 나도 모르게 네 발로 달리고 있지 뭔가. 어떤 이상한 힘이 몸속에 가득 찬 느낌이 들어 바위 위로 훌쩍 뛰어올랐지. 정신을 차리고 보니 손과 팔꿈치에 털이 난 듯했네. 조금 밝아진 후 골짜기 물에 내 모습을 비추었더니 난 이미 호랑이로 변했더군.

　처음에는 내 눈을 믿을 수 없었네. 이것은 꿈일 거라고 생각했지. 나는 꿈속에서도 꿈을 꾼 적이 있거든. 그러나 이것은 아무래도 꿈이 아니라는 생각이 들자 망연자실했네. 그리고 두려웠지. 이런 일이 어떻게 일어날 수 있는지 너무도 무서웠네. 도대체 어째서 이런 일이 일어났는지 알 수 없었지. 나로서는 아무것도 알 수 없는 일이야. 이유도 모른 채 주어진 현상과 상황을 받아들여 그저 살아가는 것이 우리 짐승들의 운명이라네.

나는 곧 죽으려고 했지. 하지만 마침 토끼 한 마리가 눈앞에서 달려가는 것을 본 순간, 내 안의 인간의 모습은 순식간에 자취를 감추고 말았다네. 다시 내 안의 인간이 눈을 떴을 때 내 입은 토끼의 피로 얼룩지고 주변은 토끼의 털로 어지럽혀져 있었다네. 이것이 호랑이로서의 첫 경험이었지. 그로부터 지금까지 내가 어떤 짓을 해왔는지에 대해서는 자네의 상상에 맡기겠네.

그래도 하루에 몇 시간 동안은 반드시 인간의 마음이 돌아온다네. 그때는 예전처럼 인간의 말도 할 수 있고 복잡한 사고도 견딜 수 있지. 경서(經書)의 장(章)과 구절(句節)도 떠올라 읊조릴 수 있다네. 인간의 마음으로 호랑이로서의 자신이 저지른 잔악한 행동을 깨닫고 자신의 운명을 돌이켜 볼 때가 가장 한심하고 두렵고 분하기도 하지. 그러나 인간으로 되돌아가는 그 몇 시간도 날이 거듭되면서 점차 줄어간다네.

이제까지는 줄곧 내가 왜 호랑이가 되었을까 이상하게만 생각했는데, 얼마 전에 문득 정신이 들고 보니 나는 왜 이전에 인간이었을까 생각하고 있질 않겠나. 참으로 무서운 일일세. 이제 조금 더 지나면 내 안에 있는 인간의 마음은 짐승으로서의 습관 속에 파묻혀 사라져 버릴 걸세. 옛 궁궐의 초석이 차츰 모래흙 속에 묻혀 버리듯이 말일세. 그렇게 되면 결국 나는 자신의 과거를 모두 잊고 한 마리의 호랑이로서 미쳐 돌아다니며 오늘처럼 길에서 자네를 만나도 몰라보고, 자네를 잡아먹고도 아무런 죄의식조차 갖지 못할 걸세. 인간이나 짐승이나 원래는 다른 존재였던 것일까? 처음에는 그것을 기억하다가 점차 잊어버리고는, 아예 처음부터 자신은 지금과 같은 모습의 짐승이었다고 생각하는 것은 아닐까?

　아니 그런 것은 아무래도 괜찮네. 내 안의 인간의 마음이 완전히 사라지고 나면 오히려 속 편한 일인지도 모르지. 그런데 내 안의 인간은 그것을 가장 두려워하고 있다네. 아아, 이 얼마나 두렵고 슬프고 비통한 일인가? 자신이 인간이었다는 기억이 없어지는 것이! 이 기분은 아무도 모를 걸세, 아무도 몰라. 나 같은 신세가 된 사람이 아니고서는. 아, 그렇지. 내가 인간이었음을 완전히 잊어버리기 전에 한 가지 부탁해 둘 일이 있네.

　원참의 일행은 숨을 죽이고 풀숲의 목소리에 귀를 기울

였다. 그 소리는 계속 말을 이었다.

나는 시인으로서 이름을 얻을 작정이었네. 그러나 뜻을 이루기도 전에 이러한 신세가 되었지. 예전에 써 놓은 수백 편의 시는 세상에 내놓지도 못했네. 그 시들이 지금 어디에 있는지 알 수도 없네. 하지만 아직도 기억에 남아 외울 수 있는 것이 수십 편 있다네. 나를 위해 이것을 기록해서 후세에 전해 주었으면 하네. 그렇다고 내가 어엿한 시인이 되고자 하는 것은 아닐세. 작품이 좋은지 나쁜지는 잘 모르겠지만, 어쨌든 내가 미쳐 버리면서까지 집착했던 것을 일부만이라도 전하지 않고서는 죽어도 온전히 죽을 수 없을 것 같네.

원참은 부하에게 명령해서 풀숲에서 들려오는 말을 받아 적게 했다. 이징의 목소리는 풀숲 가득 낭랑하게 울려 퍼졌다. 짧고 긴 시들을 모두 합하니 30여 편이 되었는데, 격조가 높고 우아하며 표현의 의도나 취향이 탁월해서 한 편 한 편이 모두 한 번 읽으면 작자의 비범한 재능을 금방 알 수 있는 것들이었다. 그러나 원참은 시에 감탄하면서도 한편으로는 다음과 같이 생각했다. 과연 작가의 소질이 일류임은 의심할 여지가 없구나. 그러나 그냥 이대로 일류 작품이 되기에는 어딘가 ─아주 미묘한 점에서─ 모자라는 데가 있지 않은가.

자신의 옛 시를 다 읊은 이징은 갑자기 말투를 바꾸어 스스로 비웃듯이 말했다.

참 부끄러운 이야기지만 이런 비참한 모습을 하고 있는 지금도 나는 내 시집이 장안의 풍류인들 책상 위에 놓인 모습을 꿈에서 보고는 한다네. 굴속에 엎드려 꾸는 꿈속에서 말일세. 나를 비웃게나. 시인이 되지 못해 호랑이가 된 이 가련한 사내를.

원참은 그 옛날 청년 이징이 자신을 비웃던 모습을 떠올리며 씁쓸히 이야기를 듣고 있었다.

그렇지. 이왕 웃음거리가 된 김에 지금의 심정을 시로 읊어 보겠네. 이 호랑이 속에 옛날의 이징이 아직 살아 있다는 표시로 말이야.

원참은 다시 부하에게 명령해 받아 적게 했다.

偶因狂疾成殊類(우인광질성수류)

災患相仍不可逃(재환상잉불가도)

今日爪牙誰敢敵(금일조아수감적)

當時聲跡共相高(당시성적공상고)

我爲異物蓬茅下(아위이물봉모하)

君已乘軺欺勢豪(군이승초기세호)

此夕溪山對明月(차석계산대명월)

不成長嘯但成嘷(불성장소단성호)

어쩌다 광기에 휩싸여 짐승이 되어.

불행한 운명의 굴레 벗어나지 못하네

이 내 호랑이의 날카로운 이빨을 누가 당하랴.

돌이켜 보면 그대와 나 명성도 높았지.

그러나 나는 지금 풀숲의 한 마리 짐승

그대는 수레 위에 높이 앉은 고관이로다.

오늘밤 그대를 만나 골짜기의 밝은 달 바라보며

소리 높여 시를 읊어도 짐승의 울음되어 메아리치네.

차가운 달빛 아래 땅을 촉촉이 적시는 이슬과 나무 사이를 가르는 찬바람은 때가 이미 새벽이 되었음을 알리고 있었다. 사람들은 일의 기이함마저 잊은 채 숙연히 시인의 불행을 한탄했다. 이징의 목소리는 다시 이어졌다.

아까는 왜 이러한 운명이 되었는지 모르겠노라고 말했지만, 생각해 보면 짐작이 가는 데가 전혀 없는 것도 아닐세. 인간이었을 때 나는 사람들과 어울리기를 꺼렸다네. 사람들은 나를 오만하고 자존심이 강하다고 말했지. 실은 그것이 어쩌면 수치심에 가까운 것임을 사람들은 몰랐던 거야. 물론 온 고을에서 귀재라 불리던 내게 자존심이 전혀 없었다고는 말하지 않겠네. 그러나 그것은 겁 많은 자존심이라고 해도 좋을 만한 것이었네.

나는 시(詩)로 명성을 얻으려 하면서도 스스로 스승을 찾아가려고도, 친구들과 어울려 절차탁마(切磋琢磨)에 힘쓰려고도 하지 않았다네. 그렇다고 속인들과 어울려 잘 지냈는가 하면 그렇지도 못했다네. 이 또한 나의 겁 많은 자존심과 존대한 수치심 때문이라고 할 수 있을 걸세. 내가 구슬이 아님을 두려워했기 때문에 애써 노력해 닦으려고도 하지 않았고, 또 내가 구슬임을 어느 정도 믿었기 때문에 평범한 인간들과 어울리지도 못했던 것이라네.

나는 세상과 사람들에게서 차례로 등을 돌려서 수치와 분노로 점점 내 안의 겁 많은 자존심을 먹고 살찌우는 결과를 빚고 말았다네. 인간은 누구나 다 맹수를 부리는 자이며, 그 맹수라고 할 수 있는 것이 바로 인간의 성정(性情)이라고 하지. 내 경우에는 이 존대한 수치심이 바로 맹수였던 것일세. 호랑이였던 게야. 이것이 나를 망가뜨리고, 아내를 괴롭히고, 친구들에게 상처를 입히고, 결국 내 겉모습을 이렇게 속마음과 어울리는 것으로 바꿔 버리고 만 것이라네.

지금 생각하면 나는 내가 갖고 있던 약간의 재능을 허비해 버린 셈이지. 인생은 아무것도 이루지 않기에는 너무도 길지만 무언가를 이루기에는 너무도 짧은 것이라고 입으로는 경구를 읊조리면서, 사실은 자신의 부족한 재능이 드러날지도 모른다는 비겁한 두려움과 고심(苦心)을 싫어하는 게으름이 나의 모든 것이었던 게지. 나보다도 훨씬 모자라는 재능을 가졌음에도 불구하고 오로지 그것을 갈고 닦는 데 전념한 결과 당당히 시인이 된 사람들이 얼마든지 있는데 말이야. 호랑이가 되어 버린 지금도 가슴이 타는 듯한 회한을 느낀다네.

나는 이제 인간으로 생활할 수 없다네. 설령 내가 지금 머릿속으로 아무리 훌륭한 시를 짓는다고 해도 그걸 어떻게 세상에 발표할 수 있겠나? 그런데다 내 머리는 날이 갈수록 호랑이가 되어가고 있네. 어찌하면 좋겠는가? 내가 허송해 버린 과거를. 이것만 생각하면 나는 견딜 수 없네. 그럴 때면 나는 맞은편 산꼭대기 바위에 올라가 인적이 드문 계곡을 향해 울부짖지. 가슴이 찢어지는 듯한 슬픔을 누군가에게 호소하고 싶어서 말일세.

나는 어젯밤에도 달을 향해 울부짖었다네, 누가 이 괴로움을 알아주었으면 하는 심정에서 말일세. 그러나 다른 짐승들은 내 울음소리를 듣고 그저 두려워 떨며 엎드릴 뿐이네. 산도 나무도 달도 이슬도 그저 한 마리의 호랑이가 분에 못 이겨 미쳐 울어대는 것으로밖에 여기지 않는다네. 하늘을 향해 울부짖고 땅에 엎드려 통곡을 해도 누구 하나 내 심정을 알아주는 사람이 없네. 내가 인간이었을 때 상처받기 쉬운 내 속마음을 아무도 알아주지 않았던 것처럼 말일세. 내 털가죽이 젖어 있는 것은 단지 밤이슬 때문만은 아니라네.

얼마 지나지 않아 날이 밝아오기 시작했다. 나무 사이로 어디에선가 날이 새는 것을 알리는 피리 소리가 구슬프게 들려 왔다.

이제 이별할 때가 되었군. 호랑이로 돌아가야 되는 시간이 다가왔으니. 그런데 또 한 가지 헤어지기 전에 꼭 부탁할 것이 있네. 내 처자의 일일세. 그들은 아직 괵략에 사는데 내 운명에 대해서 모르고 있다네. 자네가 일을 다 마치고 돌아가거든 나는 이미 죽었다고 전해 주지 않겠나? 물론 오늘의 이 일만은 밝히지 말아 주게나. 뻔뻔스러운 부탁이네만, 그들의 어려움을 불쌍히 여겨 길거리에서 굶주려 죽지 않도록 헤아려 준다면 나로서는 더 큰 은혜와 행복이 없겠네.

말이 다 끝나자 풀숲에서 통곡 소리가 들려 왔다. 원참도 눈물을 머금으며 기꺼이 이징의 뜻을 따르겠다고 대답했다. 그러나 이징은 곧 자신을 비웃듯이 말했다.

사실은 이것을 먼저 부탁했어야 하지. 내가 인간이었다면 말일세. 굶주려 얼어죽기 직전에 있는 처자보다도 나의 보잘것없는 시나부랭이에 더 신경을 쓰고 있었으니. 그러니까 이런 짐승으로 변하지 않았겠는가?

그리고 덧붙여 말했다.

자네가 영남에서 돌아올 때쯤에는 내가 호랑이가 되어 친구인 줄도 모르고 달려들지도 모르니 절대로 이 길을 지나지 말게나. 그리고 이제 헤어지고 나면 1백 보쯤 앞에 있는 언덕 위로 올라가 이쪽을 돌아보게. 지금의 내 모습을 다시 한번 보여 주고 싶어서 그러네. 나의 용맹을 자랑하고 싶어서가 아닐세. 그저 추악한 내 모습을 보여 주어 또다시 이곳을 지나며 나를 만나려는 마음이 일지 않게 하기 위해서라네.

원참은 풀숲을 향해 정중히 이별을 고하고 말에 올랐다. 풀숲에서는 또다시 참지 못한 오열이 새어 나왔다. 원참도 몇 번이나 풀숲을 돌아보며 눈물 속에서 발걸음을 떼었다.

일행은 언덕 위로 올라가 그들이 이야기를 들으며 서 있던 숲속을 바라보았다. 그리고 곧 호랑이 한 마리가 풀숲에서 뛰쳐나오는 것을 보았다. 호랑이는 하얗게 빛을 잃은 달을 올려다보며 두어 번 포효하는가 싶더니 다시 풀숲으로 되돌아가 자취를 감추었다.

명인전
名人傳

조(趙)나라의 도읍 한단(邯鄲)¹⁾ 땅에 기창(紀昌)이라는 사람이 살았다. 그는 천하에 제일가는 궁시(弓矢)의 명인이 될 뜻을 세웠다. 그래서 자신의 스승이 될 만한 사람을 물색했다. 그러던 중에 당시 활의 명수로 이름이 높은 비위(飛衛)를 생각해 냈다. 비위는 1백 보 정도 떨어진 버드나무 잎을 쏘아 백발백중하는 달인이었다. 기창은 멀리 비위를 찾아가 그의 문하에 들어갔다.

비위는 새로 입문한 기창에게 눈을 깜박이지 않는 기술을 먼저 익히라고 했다. 기창은 집으로 돌아와 아내의 베틀 밑으로 들어가 드러누웠다. 눈앞을 아슬아슬하게 그리고 빠르게 오가는 베틀신끈을 깜박이지 않고 쳐다보기 위해서였다. 이유를 알지 못하는 아내는 깜짝 놀랐다. 무엇보다 남편이 묘한 자세로 묘한 각도에서 엿보는 듯해 싫다는 것이다. 기창은 그런 아내를 나무라며 베틀을 계속 움직이게 했다. 다음 날도 그 다음 날도 기창은 이상한 자세로 눈을 깜박이지 않는 연습을 계속했다.

2년쯤 지나자 분주히 움직이는 베틀신끈이 눈썹을 스쳐도 깜박이지 않게 되었다. 그제서야 그는 베틀 밑에서 기어 나왔다. 이제는 날카로운 송곳 끝으로 눈꺼풀을 찌른다고 해도 눈을 깜박이지 않을 경지에 이르렀다. 느닷없이 불똥이 날아들거나, 눈앞에서 갑자기 연기가 피어올라도, 그는 결코 눈을 깜박이지 않았다. 이미 그의 눈꺼풀은 감아야 할 때에 감을 수 없게 된 것이다. 눈 근육을 사용하는 법을 완전히 잊어버려 잠을 잘 때도 그의 눈은 휘둥그렇게 뜬 채였다. 그의 눈썹과 눈썹 사이에 작은 거미 한 마리가 집을 짓게 되자 그는 겨우 자신감을 얻어 스승에게 이를 알렸다.

그것을 들은 비위가 말했다.

"눈을 깜박이지 않는 것만으로는 궁술을 배우기에 아직 부족하다. 앞으로는 보는 것을 배우도록 해라. 보는 것을 익혀 작은 것이 큰 것으로, 미세한 것이 거대한 것으로 보이면 내게 와서 고해도 좋다."

기창은 다시 집으로 돌아와 속옷의 바늘땀에서 이 한 마리를 찾아내어 자신의 머리카락에 꿰었다. 그리고 그것을 남쪽 창가에 매달아 두고 뚫어지게 쳐다보기 시작했다. 날마다 그는 창가에 매달린 이를 쉬지 않고 바라보았다. 물론 그것은 처음에는 이 한 마리에 지나지 않았다. 이삼일이 지나도 여전히 이로 보였다. 그런데 한 열흘쯤 지나자 기분 탓인지 그것이 조금 크게 보이는 듯했다. 그로부터 다시 사흘째 되는 날 저녁 무렵이 되자 그것은 분명히 벼룩 크기로 보였다. 이를 매달아 둔 창 밖의 풍경도 바뀌어 갔다.

부드럽게 비치던 따스한 봄볕이 어느새 작렬하는 여름 햇볕으로 바뀌고, 맑은 하늘에 기러기 떼가 높이 떠서 지나가는가 싶더니 어느새 차가운 잿빛 하늘에서 진눈깨비가 흩날리기 시작했다. 기창은 끈질기게 머리카락 끝에 매달린, 물어서 가렵게 하는 그 작은 곤충을 노려보았다. 이를 한 10마리째 바꾸어 매다는 동안 어느덧 3년이라는 세월이 흘렀다.

어느 날 문득 정신을 차리고 바라보니 창가의 이가 말만 하게 보였다. 기창은 '이거로구나' 하고 무릎을 치며 밖으로 나갔다. 그는 자신의 눈을 의심했다. 사람이 거대한 탑으로 보였다. 말은 산으로 보였다. 돼지는 언덕으로 보였고 닭은 망루로 보였다. 신이 나서 덩실덩실 춤을 추며 집으로 돌아온 기창은 창가의 이를 향해 연각의 활[2]에 삭봉의 화살[3]을 메겨 쏘았다. 화살은 기가 막힐 정도로 이의 심장을 꿰뚫었다. 더구나 이를 엮어 맨 머리카락을 끊지도 않고 말이다. 기창은 그 길로 스승에게 달려가 이 사실을 알렸다. 비위는 초연한 모습이었다.

"과연 해냈구나."

그리고 그 자리에서 궁술의 진수를 기창에게 아낌없이 가르치기 시작했다.

비장의 기술을 전수하기 시작한 지 열흘쯤 지나 기창은 시험 삼아 1백 보 떨어져서 버드나무 잎을 쏘아 보았다. 백발백중이었다. 스무 날이 지났을 때, 물을 가득 담은 술잔을 오른쪽 팔뚝에 올려 놓고 활을 당겨 보았다. 목표물에서 한 치의 오차가 없는 것은 물론이고, 잔 속의 물 역시 미동도 하지 않았다.

한 달 후에는 화살 1백 자루로 빨리 쏘는 연습을 했다. 첫 화살이 과녁을 적중하자, 다음 화살이 뒤이어 날아와 어김없이 처음 화살의 오늬를 꽂고, 간발의 차이도 없이 세 번째 화살이 날아와 두 번째 화살의 끝을 물었다. 화살과 화살이 이어져 마치 한 자루의 화살처럼[4], 뒷 화살이 앞 화살의 오늬를 물어 땅에 떨어지지 않았다. 순식간에 1백 자루의 화살이 한 자루의 화살처럼 과녁에서부터 일직선으로 연결되어 마지막 화살의 오늬는 마치 활시위를 입에 물고 있는 듯이 보였다. 옆에서 지켜 보던 스승 비위도 무심결에 "훌륭하다!"고 외쳤다.

두 달 후, 마침 집에 돌아와 있던 기창은 아내와 옥신각신 다투었다. 기창은 아내를 놀려 줄 속셈으로 오호의 활[5]에 기위의 화살[6]을 메기고 힘껏 활을 당겨 아내의 눈을 향해 쏘았다. 화살은 옆으로 서 있는 아내의 눈썹 세 가닥을 자르고 저편으로 날아갔다. 그러나 아내는 전혀 이를 눈치채지 못한 듯 눈 하나 깜박이지 않고 계속 남편에게 잔소리를 해댔다. 과연 그의 화살의 속도와 정확도는 놀랄 만한 것이었다.

이미 오래 전부터 스승에게서 배울 것이 없어진 기창은 어느 날 문득 좋지 않은 생각을 품게 되었다.

기창은 혼자 곰곰이 생각하기를, 이제 활로써 나를 필적할 사람은 스승 비위밖에 없다, 천하제일의 명인이 되려면 어떻게든 비위를 없애지 않으면 안 되겠다 싶었다. 그러고는 은밀히 기회를 노렸는데, 하루는 우연히 인적이 드문 들판에서 혼자 걸어오는 스승 비위와 마주쳤다.

순간 마음을 굳힌 기창은 활을 잡고 겨냥했다. 낌새를 알아챈 비위도 활을 잡고 응수했다. 두 사람이 쏜 화살은 한가운데에서 마주쳐 함께 땅에 떨어졌다. 땅에 떨어진 화살이 조금도 먼지를 일으키지 않은 것은 두 사람의 기예가 신의 경지에 달했기 때문일 것이다.

비위의 화살이 다 떨어졌을 때, 기창에게는 아직 화살한 자루가 남아 있었다. 이때라고 생각해 기창이 활을 쏘자비위는 순식간에 옆에 있는 찔레나무를 꺾어 그 가시로 활촉을 맞혀 땅에 떨어뜨렸다. 옳지 못한 뜻은 이룰 수 없음을 깨달은 기창은 문득 스승을 없애려는 계획이 성공했다면 결코 느낄 수 없었을 회한의 정이 끓어올랐다. 한편 비위는 위기를 면한 안도감과 자신의 기량에 대한 만족감으로 적에 대한 증오를 깨끗이 잊고 있었다. 두 사람은 가까이 다가가 들판 한가운데에서 부둥켜안고 잠시 아름다운사제애의 눈물을 흘렸다.

(이러한 일은 오늘날의 도덕관으로는 잘 이해되지 않는 경우이다. 당시는 미식가였던 제나라의 환공(桓公)[7]이 지금까지 먹

어 본 적이 없는 음식을 구하자 역아(易牙)라는 요리사가 자신의

아들을 요리해 바쳤으며, 또 열여섯 살의 소년이었던 진나라의

시황(始皇)[8]은 아버지가 죽은 날 밤에 아버지의 애첩을 세 번이

나 범했다는 등의 이야기가 난무하던 시대였다.)

　부둥켜안고 눈물을 흘리면서도 비위는 두 번 다시 제자

가 자신에게 덤벼드는 일이 없도록 해야겠다고 생각했다.

그래서 기창에게 새로운 목표를 주어 그의 생각을 다른 곳

으로 돌리기로 했다. 그는 이 위험천만한 제자를 향해 이렇

게 말했다.

　"이제 전할 것은 다 전했다. 만일 네가 더 이 길의 온오

(蘊奧)[9]를 얻고자 하거든 서쪽에 있는 대항(大行)[10]으로 가

서 곽산(霍山)[11] 정상에 가 보아라. 그 곳에는 감승(甘蠅)이

라는 노인이 계시는데, 이는 고금을 통해 아직 본 적이 없

는 궁술의 대가라고 할 수 있는 분이다. 그분의 기예에 비

하면 우리의 기(技)는 어린아이의 놀음에 불과하다. 네가

스승으로 삼을 수 있는 분은 그분밖에 없을 듯하다."

　기창은 곧 서쪽으로 길을 떠났다. 그분 앞에서는 우리의

기(技)가 어린아이의 놀음에 불과하다는 말이 기창의 자존

심을 크게 자극했다. 만일 그 말이 사실이라면 천하제일을 목표로 하는 그의 희망은 아직도 길이 멀다는 이야기가 되는 셈이었다. 자신의 실력이 참으로 어린아이의 놀음에 불과한지 아닌지, 어쨌든 얼른 감승을 만나 실력을 겨뤄 보고 싶었다. 기창은 길을 서둘렀다. 발바닥이 까지고 정강이에 상처를 입으면서도 험한 바위를 기어오르고 절벽과 절벽을 이어주는 잔도(棧道)[12]를 건너 한 달쯤 지나 겨우 목적한 산 정상에 올랐다.

의기충천한 기창을 맞이한 사람은 눈이 양처럼 부드러운 아주 늙은 할아버지였다. 노인은 백 세를 훨씬 넘은 것으로 보였다. 그것은 허리가 굽은 탓도 있지만 땅까지 끌리는 흰 수염 때문이기도 했다.

감승이 귀가 먹었을지도 모른다고 생각해 기창은 큰 소리로 자신이 온 까닭을 서둘러 밝혔다.

"제 기(技)의 정도를 알고 싶습니다."

기창은 너무 초조한 나머지 상대의 대답도 듣지 않고 느닷없이 등에 짊어진 양간마근의 활[13]을 내려 손에 쥐었다. 그리고 석갈의 화살[14]을 메겨 때마침 하늘 높이 날아가는 철새 떼를 향해 쏘았다. 화살이 시위를 떠나는가 싶더니 큰

새 다섯 마리가 푸른 하늘을 가르며 땅에 떨어졌다.

"제법인걸!"

노인은 입가에 온화한 웃음을 머금으며 말했다.

"그러나 그건 사지사(射之射)[15]라고 하는 것. 그대는 아직 불사지사(不射之射)를 모르는 게로군."

노인은 실쭉해 있는 기창을 데리고 그곳에서 2백 보쯤 떨어진 절벽 위로 갔다. 발 밑은 문자 그대로 병풍처럼 깎아 세운 기암절벽이었고, 그 밑을 흐르는 실 같은 계류는 보기만 해도 현기증을 느낄 만큼 높았다. 감승은 깎아지른 듯한 낭떠러지에서 허공으로 반 정도 비죽 튀어나온 기암 위로 저벅저벅 걸어 올라가서는 기창에게 말했다.

"어떤가? 여기서 아까와 같은 기(技)를 다시 보여 주지 않겠나?"

이제 와서 못하겠다고 움츠릴 수는 없는 일이었다. 기창은 노인과 자리를 바꾸어 기암 위로 올라갔다. 한 발을 올려 놓자 암반이 아주 약하게 흔들리는 것을 느꼈다. 애써 마음을 가라앉히고 시위를 당기려는 순간 절벽 끝에서 작은 돌 하나가 굴러 떨어졌다. 기창은 돌이 굴러오는 방향을 보고 암반 위에 그만 납작 엎드리고 말았다. 다리는 후들후

들 떨리고 땀은 발뒤꿈치까지 흘러내렸다. 노인은 웃으면서 손을 내밀어 그를 기암에서 내려 주고 자신이 기암 위로 올라가며 말했다.

"사(射)를 보여 주겠네."

여전히 심장이 고동치고 얼굴이 창백해진 기창이 정신을 가다듬으며 말했다.

"그렇지만 활은 어디 있습니까?"

노인은 맨손이었기 때문이다.

"활?"

감승은 웃으면서 말했다.

"활과 화살이 필요할 때는 아직 사지사지. 불사지사에는 오칠의 활[6]도 숙신의 화살[7]도 필요없다네."

마침 그때 두 사람의 머리 위로 아득히 높은 하늘에 매 한 마리가 유유히 원을 그리며 날고 있었다. 감승은 깨알만큼 작게 보이는 매를 한 번 올려다보았다. 그러고는 이윽고 보이지 않는 활에 보이지 않는 화살을 메기고 시위를 만월 모양이 되기까지 잔뜩 당겨 휙 하고 쏘았다. 이게 어찌된 일인가? 매는 날갯짓도 하지 않으며 공중에서 떨어져 내려오는 것이 아닌가.

기창은 등골이 오싹했다. 그제야 비로소 예도(藝道)의 심연을 엿본 듯한 심정이었다.

9년 동안 기창은 이 나이 든 명인의 곁에 있었다. 그동안 어떤 수업을 쌓았는지는 아무도 모른다.

9년이 지나 산을 내려왔을 때, 사람들은 변한 기창의 얼굴을 보고 놀랐다. 남에게 지기 싫어하던 예전의 예리한 표정은 어디론가 자취를 감추고, 아무런 표정도 없는 목우(木偶)[18]처럼 어수룩한 모습으로 변해 있었다. 오랜만에 옛 스승 비위를 찾아갔더니, 비위는 기창의 이런 모습을 보고 감탄해 외쳤다.

"이분이야말로 천하의 명인이다. 우리는 그의 발뒤꿈치에도 미치지 못할 게야."

한단 땅은 천하제일의 명인이 되어 돌아온 기창을 맞아 이제 눈앞에서 펼쳐질 묘기에 대한 기대로 들끓었다. 그러나 기창은 전혀 기대에 응하려 하지 않았다. 아니 오히려 활을 손에 쥐려고도 하지 않았다. 산에 들어갈 때 가지고 간 양간마근의 활도 어디엔가 버리고 온 모양이었다. 그 이유를 묻는 사람에게 기창은 쓸쓸히 말했다.

"지위(至爲)는 행하지 않는 것이고, 지언(至言)은 말을 하지 않는 것이고, 지사(至射)는 쏘지 않는 것이다."

과연 사물에 대한 이해가 빠른 한단 사람들은 곧 수긍했다. 활을 잡지 않는 활의 명인은 그들의 자랑거리가 되었다. 기창이 활에 손을 대지 않으면 않을수록 무적이라는 평판은 점점 더 널리 알려졌다.

갖가지 소문이 사람들의 입에서 입으로 전해졌다. 매일 삼경이 지날 즈음이면 기창의 집 옥상에서 누군가 활시위를 메기는 소리가 들린다는 둥, 이는 명인의 안에 깃든 사도(射道)의 신이 주인이 잠든 사이에 빠져나와 요사스러운 마귀로부터 주인을 지키고 있는 것이라는 둥의 소문이었다. 또 그의 집 근처에 사는 한 상인은 어느 날 밤 기창의 집 상공에서 구름을 탄 기창이 옛 명인인 예(羿)[19]와 양유기(養由基)[20] 두 사람을 상대로 솜씨를 겨루는 것을 분명히 봤다고 했다. 그때 세 명인이 쏜 화살은 푸르스름한 섬광을 그리며 삼수(參宿)[21]와 천랑성(天狼星)[22] 사이로 사라졌다고 했다. 그리고 기창의 집에 숨어들어 가려고 담에 발을 올려 놓았을 때, 쥐 죽은 듯이 고요하던 집 안에서 한 줄기의 살기가 새어나와 자신의 이마를 쳐서 그만 뒤로 나동그

라졌다고 자백하는 도둑도 있었다. 이후 사심을 품은 자들은 기창의 집에서 사방 10정보(町步) 정도 떨어져 돌아서 다녔고 현명한 철새들은 그의 집 상공을 지나지 않았다고 한다.

구름처럼 자욱한 명성 속에 명인 기창은 늙어 갔다. 일찍이 화살을 떠난 그의 마음은 고담허정(枯淡虛靜)[23]의 지경에까지 이른 듯했다. 목우와 같은 얼굴은 점점 표정을 잃어가고, 말도 거의 없어지고, 나중에는 숨을 쉬고 있는지조차 의심하게 되었다.

"나는 이미 나와 남의 구별, 옳은 것과 그른 것에 대한 구별이 없어졌다. 눈은 귀와 같고 귀는 코와 같고 코는 입과 같아졌다."

이것이 이 명인이 전하는 만년의 술회였다.

기창은 감승 선생의 곁을 떠나온 지 40년이 지나 연기처럼 조용히 이 세상을 떠났다. 그 40년 동안 기창은 사(射)를 한 번도 입 밖에 낸 적이 없었다. 입 밖에도 내지 않을 정도였으니 그가 궁시를 잡고 활동하지 않았음은 말할 필요도 없다.

우화 작가라면 여기에서 마지막을 장식하기 위해 기창

으로 하여금 대활약을 하게 해 명인의 참다운 면모를 분명히 밝히고 싶은 마음이 굴뚝 같을 것이다. 그러나 고서(古書)에 기록된 사실을 왜곡할 수는 없다. 사실 노후의 그에 관해서는 무위(無爲)로 화(化)[24]했다는, 다음과 같은 묘한 이야기가 전해지고 있을 뿐이다.

그 이야기란 그가 죽기 1, 2년 전의 일인 듯하다. 하루는 늙은 기창이 지인의 집에 초대되어 갔는데 그 집에서 어느 기구를 보여주었다. 분명히 어디에선가 본 듯도 한 기구인데 그는 도무지 이름이 떠오르지도 않았고, 그 용도도 알 수 없었다.

노인 기창은 집 주인에게 물었다. 그것은 무엇이며 또 어디에 쓰는 것이냐고. 주인은 손님이 농담을 한다고 생각하고 빙긋이 웃었다. 기창은 심각하게 다시 물었다. 그래도 주인은 애매한 웃음을 지으며 손님의 심중을 헤아리지 못했다. 기창이 재차 심각한 표정으로 같은 질문을 되풀이하자 비로소 주인의 얼굴에 경악의 그림자가 드리워졌다. 그는 손님의 눈을 뚫어지게 바라보았다. 상대가 농담을 하는 것도 아니고, 정신이 이상한 것도 아니고, 또 자신이 잘못 들은 것도 아님을 확인하자 그는 거의 공포에 가까운 기색으로 당황해 말을 더듬으며 외쳤다.

"아아 선생님께서…… 고금에 무쌍한 활의 명인이신 선생님께서 활을 완전히 잊으시다니! 아아, 이럴 수도 있단 말인가?"

그 후 한단 땅에서는 당분간 화가는 붓을 감추고 악사는 비파의 현을 끊고 장인은 줄과 자를 손에 쥐는 것을 부끄러워했다고 한다.

제자 弟子

1

　노나라 변(卞) 땅의 협객 무리 가운데 중유(仲由, 자로의 이름)[1]라는 사람이 있었다. 그는 현자로 크게 소문이 난 추(陬) 사람 공구(孔丘, 공자의 이름)[2]를 골려 주기로 마음먹었다. 사이비 현자는 과연 어느 정도의 수준일까 싶어, 더부룩한 구레나룻과 멋대로 자란 쑥대머리에 관을 비뚜름히 쓰고, 등판과 소매가 짧은 노동복을 걸친 채 왼손에는 수탉을, 오른손에는 수퇘지를 들고 공자의 집으로 기세 좋게 걸어갔다. 닭과 돼지로 소란을 피워 유생들이 거문고에 맞춰 시를 읊고 서책 강론하는 것을 훼방하려는 속셈이었다.

　소란스러운 짐승들을 양손에 들고 눈을 치뜨며 들어온 청년과 단정한 유생의 모습을 한 공자 사이에 문답이 오고 갔다.

"그대는 무엇을 좋아하는가?"

공자가 물었다.

"나는 장검(長劍)을 좋아하오."

청년은 의기양양하게 대답했다.

공자가 빙긋이 웃었다. 청년의 목소리와 태도에서 유치하게 뽐내는 모습을 보았기 때문이다. 부리부리한 눈과 짙은 눈썹과 좋은 혈색, 보기만 해도 사나워 보이는 청년의 얼굴에는 어딘지 귀엽고 솔직한 데가 있었다. 공자가 다시 물었다.

"배움을 어떻게 생각하는가?"

"배움? 어찌 유익함이 없겠소."

원래 이 말을 하기 위해 달려왔기 때문에 자로는 득의에 찬 목소리로 대답했다.

이것은 배움의 권위에 관계되는 말이기 때문에 공자는 그냥 웃고 있을 수만은 없었다. 그래서 조용히 배움의 필요성에 대해 이야기하기 시작했다.

"임금에게 바른 말을 하는 신하가 없으면 임금은 올바름을 잃게 되고, 선비에게 배움의 벗이 없으면 선비는 들을 귀를 잃게 된다네. 나무도 새끼줄을 매어둠으로써 비로소 곧게 자라는 것이 아니겠는가? 말에는 채찍이, 활에는 활도지개가 필요하듯이, 사람에게도 방자한 성격을 바로잡기 위한 가르침이 꼭 필요한 것이라네. 틀을 바로잡고 갈고 닦으면 그제야 비로소 유용한 재목이 되는 법이지."

공자는 후세에 남겨진 어록의 문장 따위로는 도저히 상상하기 어려울 만큼 매우 설득력 있는 언변을 갖고 있었다. 말의 내용뿐만 아니라 온화한 음성과 억양 속에도, 그것을 설명할 때의 확신에 찬 태도 속에도 듣는 이가 설득되지 않을 수 없는 무엇인가가 있었다. 청년의 태도는 점차 반항스러운 빛이 사라지고 공자의 말을 삼가하여 듣는 듯한 모습으로 변해 갔다.

"그렇지만……."

자로의 이 말에는 아직도 역습할 기세가 있었다.

"남산(南山)³⁾의 대나무는 쉽게 휘지 않고 저절로 곧게 자라서, 이를 잘라 사용했더니 무소의 가죽을 꿰뚫었다고 들었소. 그렇다면 천성이 뛰어난 사람에게는 아무런 배움도 필요치 않은 게 아니겠소?"

공자에게 이렇게 유치한 비유를 되받아치는 것만큼 쉬운 일은 없었다.

"그대가 말하는 남산의 대나무에 살깃과 살촉을 달고 그 것을 잘 갈고 닦으면 단지 무소 가죽을 꿰뚫는 정도에 그치 지 않는다네."

공자의 대답을 듣고, 귀엽고 단순한 이 젊은이는 대꾸할 말을 잃었다. 얼굴을 붉히고 공자 앞에 우두커니 서서 잠시 무엇인가를 생각하더니, 느닷없이 손에 든 닭과 돼지를 내 던지며 머리를 조아렸다.

"삼가 가르침을 받겠습니다."

자로의 항복이었다. 단순히 대답할 말이 궁해서 그런 것 만은 아니었다. 실은 안으로 들어가 공자의 모습을 보고 그 의 첫마디를 들었을 때, 이미 상대가 자기와는 크게 다름을 알고 그 크기에 압도되었던 것이다.

그 자리에서 자로는 공자와 사제의 예를 취하고 그의 문 하에 들어갔다.

2

자로는 일찍이 이러한 인간을 본 적이 없었다. 자로는 3 천 근이나 나가는 쇠솥을 들어올리는 용사는 본 적이 있다. 그리고 천리 밖을 내다보는 지자(智者)의 이야기를 들은 적도 있다. 그러나 공자에게는 결코 그런 괴력이나 신기한 기술과는 비견할 수 없는 그 무엇이 있었다. 용사의 괴력이나 지자의 신기한 기술에 비하면 공자가 가지고 있는 것은 그저 가장 상식적인 완성에 지나지 않는 것이었다. 지(知), 정(情), 의(意)의 하나하나에서부터 육체적인 여러 가지 능력에 이르기까지 실로 평범하게, 그러면서도 구김살 없이 잘 발달한 완전함이었다. 뛰어난 능력 하나하나가 전혀 두드러지지 않으면서도 지나치거나 모자람 없이 균형이 잘 잡힌 넉넉함은 자로로서는 실로 처음 보는 것이었다.

자로는 공자의 자유롭고 활달하며 전혀 도학자 같지 않는 점에 더욱 놀랐다. 자로는 공자가 이런 저런 경험으로 세상 물정을 잘 아는 사람임을 금방 알았다. 재미있는 것은, 자로가 자랑 삼는 무예나 완력까지 공자가 한 수 위였다는 점이었다. 그것을 갖추고는 있되 그저 평소에 사용하지 않을 뿐이었다. 협객인 자로로서는 이러한 점에서 깜짝 놀랐다. 방탕무뢰한 생활에도 이미 풍부한 경험이 있는 게 아닌가 여겨질 정도로 공자는 모든 인간에 대해 예리한 통찰력을 갖추고 있던 것이다. 그러면서도 한편으로는 극히 고결한 이상주의에 도달한 그 사고의 폭을 생각하면, 자로는 마음속 깊은 곳에서부터 나오는 놀라움을 금할 길이 없었다. 어쨌든 이 사람은 어디에 내어 놓아도 문제가 없는 사람인 듯했다. 결벽한 윤리적 견지에서 보아도 그렇고, 가장 세속적인 의미에서도 그랬다.

자로가 지금까지 만난 인간들의 뛰어남은 모두 이용 가치 정도에 있었다. 그들은 이러저러한 것에 쓸모가 있으므로 훌륭하다는 것에 지나지 않았다. 그러나 공자의 경우는 전혀 그렇지 않았다. 그저 거기에 공자라는 인물이 존재하는 것만으로도 충분했다. 적어도 자로에게는 그렇게 생각되었다. 그는 공자에게 흠뻑 취했다. 문하에 들어가서 아직 한 달도 되지 않았는데, 이미 이 정신적인 지주로부터 떠날 수 없게 되었다.

훗날 공자의 긴 방랑 생활에서 자로만큼 기꺼이 따라준 이도 없었다. 그것은 공자의 제자로서 관리의 길을 구하려는 것도 아니요, 더구나 스승의 곁에 있음으로써 자신의 재덕을 닦으려는 것도 아니었다. 죽는 날까지 변함없이, 극단적으로 구하는 것도 없이 그저 순순한 경애의 정만이 이 남자를 스승 곁에 머물게 한 것이다. 일찍이 손에서 장검을 뗄 수 없었던 것처럼, 자로는 이제 무슨 일이 있어도 이 사람에게서 떠날 수 없게 된 것이다.

마흔의 불혹[4]을 말한 공자는 그때 아직 마흔이 안 되었다. 공자는 자로보다 아홉 살이 더 많았으나, 자로는 그 나이의 차이를 거의 무한한 거리로 느끼고 있었다.

공자는 공자대로 이 제자에게는 남다르게 길들이기 어려운 점이 있다는 것에 놀랐다. 단지 용맹함을 즐기고 유연함을 싫어하는 자들은 얼마든지 있다. 그러나 자로라는 제자만큼 어떤 형식을 경멸하는 사람도 드물 것이다. 궁극의 목적은 정신으로 돌아가는 것이라고 하지만, 예(禮)는 모두 그 틀에서부터 시작하지 않으면 안 된다. 그런데 자로는 그 틀에서부터 시작한다는 핵심 내용을 쉽게 납득하려 하지 않았다.

"예(禮)는 예를 말한다. 옥백(玉帛)[5]을 말하지 않는다. 악(樂)은 악을 말한다. 종고(鍾鼓)[6]를 말하지 않는다."[7]

여기까지는 크게 기뻐하며 듣다가도 예의범절에 대한 세칙을 논하기 시작하면 갑자기 따분한 얼굴을 했다. 형식주의에 대한 이 본능적인 기피와 싸워 가며 그에게 예악을 가르치는 것은 공자에게도 여간 어려운 일이 아니었다. 반면에 자로도 예악을 배우는 것이 공자가 자로를 가르치는 데 겪는 어려움 이상으로 어려운 일이었다.

자로가 의지하는 것은 공자라는 인간의 후덕함뿐이었다. 자로는 그 후덕함을 일상의 구구한 일들과 연관지어 생각할 수 없었다. 그는 근본이 있어서 비로소 끝이 생기는 것이라고 말한다. 그러나 근본을 어떻게 기르는가에 대한 실제적인 사고가 부족하기 때문에 늘 공자로부터 질책을 받곤 했다. 그가 공자에게 심복하는 것은 오직 한 가지뿐이었다. 그가 공자에게 직접 감화를 받았는지 아닌지는 별개의 일이었다.

공자가 '뛰어나게 지혜로운 사람과 어리석고 못난 사람'[8]은 둘 다 변하기 어렵다고 한 것은 자로를 두고 한 말이 아니었다. 결점투성이긴 했지만 공자는 자로를 '어리석고 못난 자'라고 생각하지는 않았다. 공자는 이 까다로운 제자의 비길 데 없는 장점을 누구보다도 높이 평가했다. 그것은 자로의 순수한 몰이해성이었다. 이러한 미덕은 이 나라 사람들 사이에서는 너무나도 드문 것이어서, 자로의 장점은 공자말고는 어느 누구로부터도 덕으로 인정받지 못했다. 다른 사람들의 눈에는 오히려 일종의 이해하기 어려운 어리석음으로 비치는 데 불과했다. 그러나 자로의 용기도 정치적 재간도 이 신기한 어리석음에 비하면 별로 대단치 않은 것임을 공자만은 잘 알고 있었다.

스승의 가르침을 좇아 자기를 억제하고 형식에 응하려는 것은 부모를 대하는 태도에서 맨 처음 나타났다. 공자의 문하에 들어간 이후, 온 친척들은 난동꾼이던 자로가 효자가 되었다고 평했다. 그러나 자로는 칭찬을 받자 이상한 기분이 들었다. 자신은 효도는커녕 거짓말만 하고 있는 듯한 기분이어서 견딜 수 없었기 때문이었다. 자신은 오히려 떼를 써서 부모를 애태우던 시절이 더 정직했으며, 효라는 틀에 매인 지금의 자신을 기뻐하는 부모가 조금은 무정하게도 생각되었다. 섬세한 심리 분석가는 아니었지만 자로가 정직한 사람이었기 때문에 이런 일에도 신경 쓰이는 것이리라.

한참 세월이 흐른 후, 자로는 문득 부모의 늙은 모습을 보고 자신이 어렸을 때의 젊은 부모의 모습을 떠올려 보니 갑자기 눈물이 났다. 그때 이후 자로의 효도는 비할 데 없이 헌신적이 되었는데, 어쨌든 그의 갑작스러운 효행은 이러한 데에서 비롯된 것이다.

3

어느 날 자로는 길을 가다가 두세 명의 옛 친구들과 마주쳤다. 무뢰한이라고 새삼 말할 필요도 없을 만큼 방종하기 짝이 없는 협객들이었다. 자로는 서서 잠시 이야기했다. 무리 가운데 하나가 자로의 복장을 이리저리 훑어보다가 이렇게 말했다.

"으응, 이게 유생들의 복장인가? 아주 초라한데?"

"장검은 생각나지 않는가?"

자로가 상대도 하지 않자 이번에는 그냥 들어 넘길 수 없는 말을 했다.

"어떤가? 공자라는 선생은 여간 빛 좋은 개살구가 아니라며? 심각한 얼굴로 마음에도 없는 말을 진실인 양 하고 있으면 아주 맛있는 국물을 얻어 마실 수 있는 것처럼 보인다는데……."

별로 악의도 없고 여느 때처럼 스스럼없이 한 말이었는

데, 자로는 안색을 바꾸었다. 그러고는 갑자기 사내의 멱살을 움켜쥐고 주먹으로 세게 뺨을 쳤다. 두세 번 계속 후려갈기고 멱살을 잡은 손을 놓자 사내는 맥없이 쓰러졌다. 어안이 벙벙해진 다른 친구들을 쏘아봤지만, 자로의 용맹을 아는 그들은 감히 응대하려 하지 않았다. 얻어맞은 사내를 양쪽에서 부축해 말 한마디 없이 슬그머니 자리를 떴다.

어느새 이 일이 공자의 귀에 들어간 듯했다. 자로가 부름을 받고 스승 앞에 나아갔을 때, 그 일을 직접적으로 말하지 않고 공자는 다음과 같이 이야기했다.

"옛 군자는 충(忠)을 자신의 근본으로 삼고, 인(仁)으로써 자신을 지켰다. 타인이 선(善)이 아닌 것을 행할 때에는 충으로써 이를 바르게 하고, 폭력을 당했을 때는 인으로써 자신을 굳게 지켰다. 완력이 필요하지 않은 까닭이 여기에 있다. 어쨌든 소인은 불손을 용맹으로 알기 쉬운데, 군자의 용맹이란 의(義)를 지키는 것을 말한다."

기특하게도 자로는 듣고 있었다.

며칠 후, 자로가 또 길을 가는데, 길가 나무 그늘에서 한

량들이 시끌벅적하게 떠드는 소리가 들렸다. 그런데 그것이 공자에 대한 이야기인 듯했다.

"옛날 옛날 하며 뭐든지 옛날을 들고 나와 현세를 비판한단 말이야. 누구도 옛날을 본 적이 없으니까 아무렇게나 말할 수 있는 게 아니겠어? 그렇지만 융통성 없이 옛 법도를 그냥 따라도 그대로 세상이 잘 다스려진다면야 아무도 고생할 사람이 없게. 우리에게는 그래도 죽은 주공(周公)⁹⁾보다는 살아 있는 양호(陽虎)¹⁰⁾가 더 필요하다고."

하극상의 세상이었다. 정치 실권이 노후(魯侯)에게서 그의 대부(大夫)인 계손씨(季孫氏)¹¹⁾ 손으로 넘어가고, 그것이 지금은 계손씨의 신하였던 양호라는 야심가의 손으로 넘어가려고 했다. 떠드는 사람들은 어쩌면 양호의 집안 사람인지도 모르겠다.

"그런데 양호가 얼마 전부터 공구를 등용하려고 몇 번이나 사람을 보냈건만, 웬걸 공구가 이를 피하고 있다는 게 아닌가. 입으로 꽤 거창한 것을 말하면서도 실제로 살아 있는 정치에는 전혀 자신이 없는 모양이지? 그렇지 않고서야 왜 피하겠는가."

자로는 뒤에서 사람을 헤치고 들어가 방금 떠들었던 사

람 앞에 섰다. 순간 사람들은 그가 공자의 제자인 것을 알아차렸다. 지금까지 득의양양하게 변론하던 노인은 얼굴색이 하얗게 변하면서 의미 없이 자로에게 고개를 숙이고는 사람들 뒤로 몸을 감추었다. 눈을 딱 부릅뜬 자로의 형상이 너무나도 험상궂게 보인 모양이었다.

그 후 얼마 동안 비슷한 일들이 여기저기에서 일어났다. 어깨를 젖히고 눈을 번뜩이는 자로의 모습이 멀리서 나타나면 사람들은 공자를 비난하던 이야기를 멈추곤 했다. 자로는 이 일로 번번이 스승에게 꾸중을 들었으나, 본인으로서도 어쩔 수 없는 일이었다. 자로 또한 나름으로 심중에 할 말이 없는 것도 아니었다.

'소위 군자라는 사람이 나만큼의 분노를 느끼고도 그것을 억누를 수 있다면 그것은 참으로 훌륭하다. 그러나 실제로는 분노를 나만큼 강하게 느끼지는 않을 것이다. 적어도 스스로 억누를 수 있을 만큼 분노를 약하게 느끼고 있을 것이다. 틀림없이……'

1년쯤 지났을 때 공자는 쓸쓸히 웃으며 말했다.

"중유가 문에 들어오고 나서 나는 나에 대한 비평을 듣지 못하게 되었구나."

4

어느 날, 자로가 방에서 거문고를 타고 있었다.

공자는 그것을 옆방에서 잠시 듣고 있다가 옆에 있는 제자 염유(冉有)[12]에게 말했다.

"저 거문고 소리를 들어 보게나. 거친 기운이 절로 흘러넘치는 듯하지 않은가? 군자의 소리는 온유함으로 평범하여 생육의 기운을 기르지 않으면 아니 되느니라. 옛날 순임금은 오현금을 타며 〈남풍의 시(南風詩)〉[13]를 지었다. 남풍의 향그러움으로 백성의 분을 풀어야 한다, 남풍이 불어올 때 우리 백성의 재물도 많아져야 한다, 하는 내용의 시를. 그러나 지금 유(由)의 거문고 소리를 듣고 있자니 실로 살벌해 남음(南音)이 아닌 북성(北聲)으로 들리는도다. 타는 사람의 게으르고 거친 심상을 이렇게 분명하게 비추어 보여 주는 것도 드물 것이다."

나중에 염유가 자로에게 가서 스승의 말을 전했다.

자로는 본디 자신에게 음악에 대한 재능이 없다는 것을 알고 있었다. 그러나 그것이 실은 더 깊은 정신에서 우러나오는 것이라는 말을 듣고 아연했다. 중요한 것은 손의 연습이 아니었던 것이다. 더 깊이 생각하지 않으면 안 되었다. 그는 방에 틀어박혀 먹지도 않고 조용히 사색했다. 얼굴이 해쓱해졌다.

이윽고 며칠 후, 자로는 생각이 정리되었다 싶어 다시 거문고에 손을 올려 놓았다. 그러고는 아주 두려운 심정으로 거문고를 타기 시작했다. 새어나오는 거문고 소리를 들은 공자는 아무 말도 하지 않았다. 질책하는 얼굴빛도 아니었다. 자공(子貢)[14]이 자로에게 이 사실을 전했다. 스승의 책망이 없었다는 이야기를 전해 들은 자로는 기뻐하며 웃었다.

선배가 기뻐하는 모습을 본 젊은 자공도 기쁨을 감추지 못했다. 그러나 총명한 자공은 다 알고 있었다. 자로의 거문고 소리가 여전히 살벌한 북성인 것을. 그리고 스승이 그것을 책망하지 않은 것은 여위어 가면서까지 괴로워하는 자로의 외곬성을 가엾게 생각한 것이었음을.

5

제자 중에 자로만큼 공자에게 책망을 많이 들은 제자는 없었다. 또한 자로만큼 스스럼없이 스승에게 반문한 사람도 없었다.

"가르쳐 주십시오. 옛 성현의 가르침을 버리고 자신의 뜻대로 행해도 되겠습니까?"[15]

자로는 뻔히 책망 들을 것을 물어 보곤 했다.

"이러니까 곤란합니다.[16] 선생님께서는 너무 어두우십니다."

이처럼 공자에게 대놓고 툭 내뱉는 사람도 자로말고는 아무도 없었다. 그러면서도 또 자로만큼 전폭적으로 공자에게 의지하는 사람도 없었다. 거침없이 반문할 수 있는 것은 자신이 납득할 수 없는 것을 그냥 넘어가지 않는 자로의 성격 때문이었다. 또한 다른 제자들과는 달리 비웃음을 사고 질책을 들어도 전혀 개의치 않는 그의 성격 때문이기도 했다.

다른 곳에서라면 어떤 경우라도 남의 밑에서 절대로 구속을 받지 않을 남자이고, 일낙천금(一諾千金)의 쾌남아인 자로가 변변치 못한 제자로서 공자에게 시중 들고 있는 모습은 확실히 사람들에게 기이하게 보였다. 사실 그는 공자 앞에 있을 때만은 복잡한 사색이나 중요한 판단은 일체 스승에게 맡긴 채 자신은 마음 푹 놓고 있는 듯한 모습도 보였다. 어머니 앞에서는 스스로 할 수 있는 일도 어머니가 대신해 주기를 바라는 어린아이와 같았다. 자신도 스승 앞을 물러나와 생각해 보면 웃음이 절로 나올 정도였다.

그러나 자로에게는 스승조차도 건드릴 수 없는 심지(心志)가 있었다. 이것만큼은 절대로 물러설 수 없는 최후의 보루와도 같은 것이었다. 즉 자로에게는 이 세상에 딱 하나 소중한 것이 있었다. 그것 앞에서는 생사를 논하는 것은 물론이고 구구한 이해 따위는 문제도 되지 않았다. 협기라면 너무 가볍고, 신(信)이나 의(義)라면 왠지 도학자적인 느낌이 강해 자유로이 약동하는 기분이 빠져 버린 듯한 감이 있다. 그런 이름 따위는 아무래도 상관 없다. 자로에게 그것은 일종의 쾌감과도 같은 것이다. 어쨌든 그 같은 쾌감을 느낄 수 있는 것이 좋은 일이고, 그것이 수반되지 않는 것이 나쁜 일이었다. 지극히 단순 명료한 것이어서 아직 이것에 대해 의심을 해본 적이 없었다.

공자가 말하는 인(仁)과는 상당히 거리가 있지만, 자로
는 스승의 가르침 속에서 이 단순한 윤리관을 보강하는 듯
한 것만을 골라 받아들였다. '말이 유창하고 일부러 표정
을 부드럽게 하고 지나치게 겸손을 가장하는 것'과, 원(怨)
을 숨기고 그 사람을 친구로 삼는 것을 공자는 부끄러움으
로 여긴다는 것,[17] '살기 위해 인(仁)을 훼손하는 일 없이'
죽음으로써 인(仁)을 지킨다는 것,[18] 또 '열정적인 사람은
지나치게 적극적으로' 행동하고, 고집이 센 사람은 지나치
게 타협할 줄 모른다는 것[19]들이 바로 그것이었다. 공자도
처음에는 이 못된 뿔을 교정해 보려고 애도 써 보았지만,
나중에는 아예 체념해 버렸다. 어쨌든 이 제자는 나름으로
한 마리의 소 구실을 하는 것이라고 그런대로 만족할 수밖
에 없었다.

채찍이 필요한 제자가 있는가 하면 고삐가 필요한 제자
도 있다. 공자는 손쉬운 고삐로는 다룰 수 없는 자로의 성
격적인 결함이 실은 그와 동시에 오히려 유용하다는 것을
알고, 자로에게는 대개의 방향만을 제시하면 되겠다고 생
각했다. 공경하는 마음이 있어도 '하는 것'이 예에 맞지 않

는 것을 야(野)라 하고, '하는 것'이 용감해도 예에 맞지 않는 것을 역(逆)이라고 한다는 것,[20] 신(信)을 좋아해도 학문을 좋아하지 않으면 맹신이 되어 그로 말미암은 폐단은 남을 해치게 되고, 곧음(直)을 좋아하면서도 학문을 좋아하지 않으면 의리나 인정을 무시한 가혹한 폐단이 따르게 된다는 것,[21] 이러한 충고들은 모두 자로 개인에 대한 것이라기보다 제자들의 우두머리격인 자로에게 한 경우가 많았다. 자로라는 개인에게 매력이 되는 것이 오히려 다른 문하생들에게는 대체로 해가 되는 것이 많았기 때문이었다.

6

진(晋)나라의 위유(魏楡) 지방에서는 돌이 말을 한다는 소문이 있었다.[22] 이를 두고 어떤 현자는 백성들의 원성을 돌이 대신해 소리를 냈을 것이라고 풀이했다. 이미 쇠락해버린 주(周) 왕실은 둘로 나뉘어 서로 싸우고 있었다. 또한 열이 넘는 대국들은 각기 서로 동맹을 맺거나 서로 싸워 전쟁이 끊일 날이 없었다. 제(齊)나라의 한 왕은 신하의 아내와 통정해 밤마다 저택을 드나들다 끝내는 여자의 남편에게 죽임을 당했다.[23] 또 초(楚)나라에서는 왕족 가운데 한 사람이 병중인 왕의 목을 졸라 죽이고 왕위를 빼앗았다.[24] 오(吳)나라에서는 발목이 잘린 죄수들이 왕을 덮치고,[25] 진(晉)나라에서는 두 신하가 서로 자신의 아내를 교환했다고 했다. 이러한 세상이었다.

노(魯)나라의 소공(昭公)이 신하 계평자(季平子)를 치려다가 오히려 나라를 빼앗기고 다른 나라에 망명한 지 7년째 되던 해에 죽었다. 망명 중에 귀국안이 마련되기도 했지만 소공을 따르던 이들이 귀국 후 자신들의 운명을 생각해 공을 놓아주지 않았다. 노나라는 계손(季孫)·숙손(叔孫)·맹손(孟孫)의 삼씨 천하에서 다시 계씨의 신하였던 양호가 실권을 휘두르는 세상이 되었다.

그러나 책략사 양호가 자신의 계책에 넘어가 실각하고 나서 갑자기 나라의 정국 형세가 바뀌었다. 뜻밖에도 공자가 중도(中都)[26]의 군수로 등용된 것이다. 공평무사한 관리나 가렴주구를 업으로 하지 않는 정치가가 하나도 없는 세상이었기 때문에 공자의 공정한 방침과 주도면밀한 계획은 극히 짧은 기간에 경이로운 업적을 쌓게 되었다. 완전히 탄복해 버린 주군 정공(定公)[27]이 물었다.

"선생이 중도를 다스렸던 법으로 노나라를 다스리면 어떻겠습니까?"

공자가 대답해 말했다.

"어찌 노나라뿐이겠습니까? 천하를 다스린다고 해도 될 것입니다."

허풍과는 전혀 거리가 먼 공자가 정중한 말투로 아무렇지도 않게 이런 큰일을 마치 농담하듯이 말했기 때문에 정공은 더욱 놀랐다. 그는 곧 공자를 토지와 민사를 담당하는 사공(司空)[28]으로 임명하더니, 곧이어 육관(六官)의 하나인 소송이나 형벌을 관장하는 대사구(大司寇)[29]로 등용해 재상의 일까지 겸하게 했다. 공자의 천거로 자로는 노국의 내각서기관장이라고 할 수 있는 계씨 집안의 집사가 되었다. 자로가 공자의 내정 개혁안 집행자로서 제일 먼저 활동한 것은 두말할 것도 없는 일이다.

공자의 첫 번째 정책은 중앙집권, 즉 노후(魯候)의 권력 강화였다. 이를 위해서는 현재 노후보다도 더 큰 세력을 갖고 있는 계 · 숙 · 맹 삼환(三桓)의 힘을 약화시키지 않으면 안 되었다. 삼씨의 사성(私城)은 1백 치(雉)[30]를 넘는 것으로, 숙손씨의 거성(居城)을 후(郈), 계손씨의 거성을 비(費),

맹손씨의 거성을 성(成)이라 했다. 공자는 먼저 이것들을 없애기로 했다. 그리고 이를 직접 실행한 것이 자로였다.

자신이 한 일의 결과가 곧 확실히 나타나는, 더구나 이제까지 경험해 본 적이 없는 규모로 나타난 것은, 자로 같은 사람에게는 유쾌한 일임에 틀림없었다. 특히 기성 정치가가 만들어 놓은 간악한 조직이나 습관을 하나하나 부숴 나간다는 것은, 자로에게 지금까지 몰랐던 일종의 삶의 보람 같은 것을 느끼게 해주었다. 또한 다년간의 포부를 실현하는 일에 기꺼이 바쁘게 움직이고 있는 공자의 얼굴을 보는 것도 즐거운 일이었다. 공자의 눈에도 한 사람 제자로서가 아니라 하나의 실행력 있는 정치가로서의 자로의 모습이 믿음직스럽게 보였다.

계손씨의 성인 비를 막 부수려고 할 때, 이에 반항해 공산불뉴(公山不狃)[31]라는 사람이 성 사람들을 이끌고 노나라의 수도인 곡부를 공격했다. 한때는 무자대(武子臺)로 난을 피한 정공의 신변에까지 반란군의 화살이 미칠 정도로 위급했지만, 공자의 적절한 판단과 지휘에 의해 겨우 화를 면할 수 있었다.

자로는 새삼 스승의 현실적인 수완에 탄복하지 않을 수

없었다. 공자의 정치가로서의 수완은 익히 알고 있었고 또 그 개인적인 능력의 출중함도 알고는 있었지만, 실제로 전투에 임하여 이렇게도 선명한 지휘력을 보여 주리라고는 생각지도 못했던 것이다.

물론 자로 자신도 이때는 제일 먼저 일어나 싸웠다. 오랜만에 휘두르는 장검의 맛도 아주 버릴 만한 것은 아니었다. 어쨌든 경서(經書)의 자구(字句)를 시시콜콜히 따지거나 고례(古禮)를 배우거나 하기보다는, 거친 현실과 부딪쳐 그것을 헤쳐 나가며 살아가는 편이 자로의 성격에는 더 맞는 듯했다.

제(齊)나라와의 굴욕적인 강화조약을 맺기 위해 정공이 공자를 데리고 협곡(夾谷) 땅에서 제나라의 경공(景公)[32]과 만난 직이 있었다. 그때 공자는 제나라의 무례함을 질책하며 경공을 비롯해 제나라의 제후들을 호되게 꾸짖었다. 전승국임에 틀림없는 제나라의 군신 모두가 공자의 호된 꾸짖음에 두려워 떨었다. 이는 자로로 하여금 마음속으로 쾌재를 부르게 하기에 충분한 사건으로, 이후 강대국인 제나라는 이웃 나라 재상인 공자의 존재에, 또는 공자의 시정하에 충실히 신장해 가는 노나라의 국력에 두려움을 품기 시작했다.

　제나라는 고심 끝에 고대 중국식의 고육지계를 생각해냈다. 즉 제나라에서 가무에 뛰어난 한 무리의 미인들을 노예로 보내기로 한 것이다. 이렇게 하여 노후의 마음을 사로잡아 정공과 공자의 사이를 이간하려는 것이다. 고대 중국식의 이 유치한 책략은 노나라 내의 반(反)공자파의 책동과 더불어 너무나도 신속하게 효력을 나타냈다. 노후는 여인들의 가무에 얼이 빠져 조정에 나오지 않았고, 계환자(季桓子) 이하의 대관들도 이를 본받아 출정하지 않았다. 자로는 제일 먼저 이에 분개해 관직에서 물러났다.

　공자는 자로만큼 빨리 단념하지 못하고 할 수 있는 만큼의 수단을 강구하려고 했다. 자로는 공자가 빨리 그만두기를 바랐다. 스승이 신하로서의 절개를 더럽히는 것을 두려워해서가 아니라 그저 이 음란한 분위기 속에 스승을 두고 보는 것을 참을 수 없었기 때문이었다.

　공자의 강인한 인내력으로도 결국 포기할 수밖에 없게 되었을 때, 자로는 겨우 안심을 했다. 그리고 스승을 따라 기꺼이 노나라를 떠났다.

작곡가이며 작사가이기도 했던 공자는 점점 멀어져 가는 도성을 바라보며 이렇게 노래했다.

저 아름다운 여인들의 입에는 독이 있도다. 군자는 이에 도망쳐 나오지 않을 수 없었노라. 그 아름다운 여인들의 야망은 나라를 멸하게 하는 것이로다. 군자 또한 위험했노라.

이후, 오랜 기간에 걸친 공자의 주유(周遊)가 시작되었다.

7

자로는 커다란 의문이 하나 있었다. 어렸을 때부터 든 의문인데, 어른이 되어도 또 노년이 된 지금도 아직 납득할 수 없었다. 그것은 아무도 이상하다고 생각하지 않는 일이었다. 사(邪)가 번창해 정(正)이 무시를 당한다는, 너무나도 뻔한 사실에 관한 것이었다.

이 사실에 부딪칠 때마다 자로는 마음속 깊은 곳으로부터 솟아오르는 비분을 억누를 수 없었다. 어째서인가? 어째서 그런가? 악은 일시 번창해도 결국은 응보를 받는다고 사람들은 말하지 않는가? 과연 그러한 예가 있을는지도 모른다. 그러나 그것도 인간이란 결국 파멸로 끝난다는 일반적인 경우의 한 예가 아닌가? 선한 사람이 궁극적으로 승리를 거두었다고 하는 예는, 먼 옛날에는 모르지만 요즘 세상에서는 들은 기억이 없다. 왜 그런가? 왜 그런 것일까? 커다란 어린아이인 자로에게 이것만큼은 아무리 분개해도 그 분개가 모자라는 것이었다. 그는 발을 동동 구르며 분개하는 심정으로 하늘은 무얼 하고 있는 것일까 하고 생각했다.

하늘은 도대체 무엇을 보고 있는 것일까? 그러한 운명을 만들어내는 것이 하늘이라면 자신은 하늘에 반항하지 않고는 견딜 수 없다. 하늘은 인간과 짐승과의 사이에 구별을 두지 않는 것처럼 선과 악 사이에 차별을 두지 않는 것일까? 정(正)이라든가 사(邪)라는 것은 혹시 인간들 사이에서만 임시로 정한 약속에 지나지 않는 것일까? 자로가 이 문제를 공자에게 가서 여쭈었더니 공자는 으레 그렇듯이 인간 행복의 참모습에 대해 들려줄 뿐이었다.

선을 이룬 데에 대한 보답은 결국, 선을 이루었다는 만족말고는 아무것도 없는 것인가? 스승 앞에서는 일단 납득이 된 듯한 기분이었지만, 막상 물러나와 혼자 곰곰이 생각해 보니 여전히 석연치 않은 것이 남아 있었다. 그렇게 무리하게 해석해 본 결과로서의 행복 따위에는 동의할 수 없었다. 누가 보아도 불만이 없는 분명한 형태의 선에 대한 보응이 의인에게 이루어지지 않고서는 아무래도 재미없는 일이었다.

하늘에 대한 이런 불만을 그는 무엇보다도 스승의 운명에서 느낀다. 거의 인간이라고는 생각할 수 없는 천재성과 그의 크나큰 덕이 왜 이런 불우에 만족해야만 하는 것인가? 가정적으로도 행복하지 않고, 또 나이 들어 방랑 생활을 시작하지 않으면 안 되는 불운이 어찌하여 이 사람을 기다리고 있는 것일까?

자로는 어느 날 밤 공자가 다음과 같이 혼자 중얼거리는 소리를 들었다.

"봉황도 날아들지 않고, 황하에서는 도문(圖文) 또한 나오지 않는구나. 나의 도(道)를 펴 볼 길이 없으니, 이제 때가 다 된 모양이다."[33]

자로는 자신도 모르게 흐르는 눈물을 멈출 수 없었다. 공자가 탄식한 것은 천하의 창생을 위한 것이었지만, 자로가 흘린 눈물은 오직 공자 한 사람만을 위한 것이었다. 이 사람과 이 사람을 기다리고 있는 시대를 보고 울었을 때부터 자로의 마음에는 결심이 섰다. 탁한 세상의 모든 침해로부터 이 사람을 지키는 방패가 되겠다는 것이다. 또한 정신적으로 인도와 보호를 받는 대신에 세속적인 수고와 오욕을 모두 자신의 몸으로 감낭하겠다는 것이다. 외람되지만 이것이 자신의 역할이라고 생각했다. 학문이나 재능은 후학의 모든 이보다 뒤질지도 모른다. 그러나 일단 유사시에는 제일 먼저 스승을 위해 목숨을 던져 뒤돌아보지 않을 사람은 그 누구보다도 자신일 거라고 굳게 믿었다.

8

"아름다운 보석이 하나 있는데 이를 함에 넣어 잘 보관해 두어야겠습니까? 아니면 좋은 임자를 찾아 팔아야겠습니까?"

자공이 묻자, 공자는 그 자리에서 대답했다.

"물론 팔아야지, 팔아야지. 그러나 나라면 가게에서 사러 오는 사람을 기다렸다가 팔겠네."[34]

그러한 속셈으로 공자는 주유천하를 시작했던 것이다. 따라서 제자들도 대부분은 팔고 싶었으나, 자로는 절대로 팔려고 하지 않았다. 권력의 지위에 앉아서 소신대로 단행하는 일의 즐거움은 이미 경험해 보아 알고 있었지만, 거기에는 공자를 위에 모시고 해야 한다는 특별한 전제가 꼭 필요했다. 그것이 불가능하다면 오히려 '비록 거친 베옷을 입을 처지일지언정 속에는 아름다운 옥을 품으리라'[35)]는 삶의 태도를 지키고 싶었다. 평생 공자를 지키는 개 노릇만으로 끝날지도 모르나 조금도 후회하지 않았다. 세속적인 허영심이 없는 것도 아니었다. 그러나 어설픈 사관(仕官)이 오히려 작은 일에 구애를 받지 않는 호탕한 자신의 본성을 해하는 것일지도 모르는 일이었다.

많은 제자들이 공자를 좇았다. 수완이 뛰어난 실무가 염유(冉有), 온후한 성격의 연장자 민손(閔損)[36)], 이런저런 일에 참견하기 좋아하는 고실가(故實家) 자하(子夏)[37)], 좀 궤변스런 성격의 향유가(享有家) 재여(宰子)[38)], 기골이 장대한 비분강개가 공랑유(公良孺)[39)], 9척 반의 장신인 공자의 반 정도밖에 되지 않는 작달막한 우직자 자고(子羔)[40)]. 그러나 이 가운데 나이로 보나 관록으로 보나 자로가 그들의 우두머리 격이었다.

자로보다 스물두 살이나 어린 자공(子貢)이란 청년은 실로 탁월한 재인이었다. 공자가 항상 극찬을 아끼지 않는 안회(顔回)[41]보다도 자로는 오히려 자공 쪽을 두둔하고 싶을 정도였다.

공자에게서 강한 생활력과 정치성을 모조리 뽑아낸 듯한 안회라는 젊은이를 자로는 별로 좋아하지 않았다. 그것은 결코 질투가 아니었다—안회에 대한 스승의 열의가 자공이나 자장(子張)[42] 등에게 이러한 감정을 갖게 한 듯하다— 자로는 안회와 나이 차이가 많이 나고 게다가 원래부터 이런 일에 관심이 없었기 때문이다. 단지 그에게는 안회의 수동적이고 유연한 재능에서 오는 장점이 도무지 수긍이 가지 않았던 것이다.

먼저 안회의 어딘가 힘이 빠져 있는 듯한 점이 마음에 들지 않았다. 오히려 어디를 가도 다소 경박하기는 하지만 항상 재기와 활력이 넘치는 자공 쪽이 자로의 성격에는 맞았다. 이 젊은이의 예리한 머리에 놀라는 것은 자로만이 아니었다. 자공이 머리에 비해 아직 인간이 덜된 것은 누구나

다 느끼는 점인데, 그것은 어리기 때문이었다. 너무나도 경박하여 그 점을 한 번은 호되게 꾸짖은 적도 있지만, 자로는 그가 후세에 가공할 만한 존재가 될 것임을 느끼고 있었다.

언젠가 자공이 몇몇 친구들에게 다음과 같이 말했다.

"선생님은 마음에 없으면서 남에게 듣기 좋은 말을 하는 것을 금하셨지만[43] 난 선생님 자신이 그런 분이라고 생각해. 이것은 경계해야지. 재여 따위의 말재주와는 비교도 되지 않아. 재여의 말은 지나치게 능란하기 때문에 듣는 사람에게 즐거움은 줄 수 있을지언정 신뢰감은 줄 수 없지. 재여는 그렇기 때문에 안전하다구. 그러나 선생님의 말씀은 전혀 달라. 유창함 대신에 사람들이 절대로 의심을 품지 않게 하는 중후함을 갖고 계셔. 해학 대신에 함축과 풍부한 비유를 갖는 선생님의 말씀은 어느 누구도 거역할 수 없는 것이거든.

물론 선생님이 하시는 말씀은 9할 9푼까지 우리 모두 본받아야 할 거야. 그럼에도 불구하고 나머지 1푼, 즉 절대적으로 다른 사람들이 신뢰할 수밖에 없는 선생님의 언변 속에 담긴 불과 1백분의 1이 때로는 선생님의 성격에 대한 변명에 사용될 우려가 있어. 경계가 필요하다는 것이 바로 이점이야. 이건 어쩌면 선생님과 지나치게 친해져서 너무 익숙해졌기 때문에 생긴 욕심이 우리로 하여금 이렇게 말하게 하는 것인지도 모르지. 사실 후세 사람들이 선생님을 성인이라고 추앙하리라는 것은 너무도 당연한 일이야. 나는 선생님만큼 완전에 가까운 사람을 아직 본 적이 없고, 또 미래에도 이러한 사람은 또 나타나지 않을 테니까.

단지 내가 말하고 싶은 것은, 그러한 선생님이라 할지라도 아주 적은 양이긴 하지만 경계해야 할 점이 있다는 거야. 선생님과 거의 같은 기질을 가진 안회는 내가 느끼는 불만을 전혀 느끼지 못할 게 틀림없어. 선생님께서 종종 안회를 칭찬하시는 것도 결국 선생님과 안회의 비슷한 기질 때문일 테니까……."

풋내기 주제에 스승을 비평하는 것은 실로 주제 넘는 일이라고 생각해 자로는 화를 냈다. 물론 이런 말을 하는 것은 필경 안회에 대한 질투 때문임을 알고 있었다. 그러나 자로는 이 말 속에 전혀 무시할 수 없는 것이 있음을 느꼈다. 기질의 차이라는 점에 대해서는 분명히 자로에게도 집히는 데가 있었기 때문이다.

자신은 막연하게밖에 느끼지 못하는 것을 이 시건방진 젊은 녀석은 확실한 형태로 제시하는 묘한 재능이 있는 모양이라고 자로는 감탄과 경멸을 동시에 느꼈다.

자공이 공자에게 기묘한 질문을 한 적이 있었다.

"죽은 사람은 아는 것이 있습니까? 아니면 없습니까?"

죽은 후 지각의 유무, 혹은 영혼의 멸불멸에 대한 의문이었다. 공자의 답 또한 묘했다.

"죽은 이가 지각이 있다고 하면 효자들이 자신의 삶을 희생해 가면서까지 장례를 치르려고 함이 염려스럽고, 또 죽은 이가 지각이 없다고 하면 불효 자식들이 그 부모를 버리고 장례를 치르려 하지 않음이 걱정스럽도다."[44]

예상이 빗나간 대답이었기 때문에 자공은 전혀 공감할 수 없었다. 물론 공자도 자공이 질문한 의도는 잘 알고 있었지만, 어디까지나 현실주의자인 공자는 이 똑똑한 제자의 관심을 다른 곳으로 바꾸어 보려고 한 것이었다.

자공은 스승의 대답이 자못 불만스러워 자로에게 이 이야기를 했다. 자로는 그런 문제에 별로 관심이 없었다. 그러나 죽음 자체보다도 스승의 사생관을 알고 싶은 생각이 조금 일었기 때문에, 언젠가 죽음에 관해 여쭤 보았다.

"아직 삶에 대해서도 잘 모르는데, 어찌 죽음에 관해 알수 있겠는가?"[45]

이것이 공자의 대답이었다.

"과연!" 하고 자로는 아주 탄복해 버렸다. 그러나 자공은 또 한 번 골탕을 먹은 듯한 기분이었다.

'그건 그렇습니다. 그러나 제가 말하려는 것은 그런 것이 아닙니다.'

분명히 그렇게 말하는 듯한 표정이었다.

9

위나라의 영공(靈公)은 매우 의지가 약한 군주였다. 현자(賢子)와 우자(愚者)를 식별하지 못할 정도로 어리석지는 않았지만, 쓴 간언보다는 달콤한 아첨에 기뻐하는 사람이었다. 결국 위나라의 국정을 좌우하는 것은 그의 후궁이었다.

그의 후궁 남자(南子)[46]는 일찍부터 음란한 소문이 크게 난 인물이었다. 송나라의 공주였을 무렵부터 배다른 오라비인 조(朝)라는 미남자와 통정했는데, 위나라 군주의 후궁이 되고서도 조를 위나라로 불러들여 대부(大夫)로 임명하고 그와 계속 관계를 맺었다. 대단히 영리한 여자로서 정치에 관한 일까지 참견했는데, 영공은 후궁의 말이라면 수락하지 않는 것이 없었다. 영공의 마음에 들려면 먼저 이 후궁에게 잘 보여야 할 정도였다.

공자가 노나라에서 위나라로 갔을 때 부름을 받고 영공을 알현했는데, 후궁에게는 따로 인사하지 않았다. 그녀는 심술이 나서 즉시 사람을 보내 이렇게 전했다.

"천하의 군자는 나의 남편과 형제 관계를 맺고자 한다면 반드시 나를 만나야 할 것이오. 나와 만나 주기를 바라오."

공자는 하는 수 없이 인사를 갔다. 후궁은 갈포로 된 얇은 휘장 뒤에서 공자를 인견했다. 공자는 북면계수의 예(北面稽首禮)[47]를 취하고, 후궁은 재배로 응했다. 그때 그녀의 몸에 붙은 구슬이 흔들리며 아름다운 소리를 냈다.

공자가 궁에서 돌아오자 자로가 노골적으로 불쾌한 얼굴을 했다.[48] 그는 공자가 후궁 따위의 요구는 묵살해 버릴 것이라고 기대했던 것이다. 물론 공자가 요부에게 넘어가리라고는 생각지도 않았다. 그러나 절대청정이어야 할 스승이 더러운 음부에게 머리를 조아렸다는 것만으로도 이미 부아가 치미는 일이었다. 아름다운 옥을 갖고 있는 사람이 그 옥의 표면에 부정한 것이 비치는 것조차 피하고 싶어 하는 마음과 같은 것이리라.

반면 공자는 자로와 같이 내부에 상당히 민완한 실력가와 함께 살고 있는 큰 아이가 언제까지나 전혀 나이를 먹으려고 하지 않는 것을 보고 한편으로는 우스꽝스럽게 생각하고 또 한편으로는 안타깝게 생각했다.

하루는 영공이 공자에게 사신을 한 사람 보냈다. 함께 수레를 타고 도읍을 돌면서 이런저런 이야기를 듣고 싶다는 것이다. 공자는 기꺼이 옷을 갈아입고 서둘러 나갔다.

후궁은 영공이 이 키만 멀대같이 크고 무뚝뚝한 영감탱이를 현자라며 한없이 존경하는 것이 못마땅했다. 또한 자신을 빼놓고 저희 둘이서만 수레를 타고 도읍을 돌아본다는 것도 당치 않은 일이라고 생각했다.

공자가 영공을 알현하고 막 밖으로 나가 함께 수레를 타려는데, 거기에는 이미 잘 차려입은 후궁이 타고 있었다. 공자도 불쾌해 냉담하게 영공의 태도를 살폈다. 영공은 면목이 없다는 듯 눈을 내리깔고 있었다. 그러나 후궁에게는 아무 말도 하지 못했다. 영공은 말없이 공자를 위해 다른 수레를 가리켰다.

두 대의 수레가 위나라의 도읍을 지나갔다. 앞서 가는 네 바퀴의 화려한 마차에는 영공과 나란히 목련 같은 선연한 모습의 후궁 남자가 앉아 있었다. 그 뒤를 따르는 초라한 두 바퀴의 우차에는 공자가 쓸쓸한 모습으로 단정히 앉아 정면을 바라보고 있었다. 길가에 늘어선 백성들 사이에서는 작은 탄식과 빈축 소리가 새어나왔다.

자로도 군중들 사이에서 이 모습을 보았다. 영공이 사신을 보내 왔을 때 기뻐하던 스승의 모습을 본 터라 속이 더욱더 부글부글 끓어올랐다. 교성을 내며 후궁이 자로의 눈앞을 지나갔다. 무심결에 그는 주먹을 불끈 쥐고 사람들을 헤치고 나가려 했다. 그런데 이를 뒤에서 힘껏 잡아당기는 사람이 있었다. 뿌리치려고 눈을 부릅뜨고 뒤를 돌아다보니 같은 문하에 있는 자약(子若)⁴⁹⁾과 자정(子正)이었다. 자로는 필사적으로 자신의 소매를 잡아당기는 두 사람의 눈에 눈물이 맺힌 것을 보았다. 그 순간 자로는 들어올렸던 주먹을 내렸다.

이튿날 공자의 일행은 위나라를 떠났다.

"나는 아직 덕을 즐기기를 색을 즐기듯이 하는 이를 보
지 못했다."[50]

이때 공자가 탄식하여 한 말이다.

10

섭공(葉公) 자고(子高)[51]는 용을 몹시 좋아했다고 한다.
자신의 거실에 용을 새겨두는 것은 물론, 방 안의 휘장에
도 용을 그려 놓고, 늘 용 속에서 기거했다고 한다. 이것을
들은 진짜 하늘의 용이 크게 기뻐하며, 하루는 섭공의 집
에 내려와 자신을 애호하는 이를 찾았다. 머리로는 창을
들여다보고 꼬리로는 집을 한 바퀴 감았다. 대단한 크기였
다. 섭공은 이를 보자마자 두려움에 부들부들 떨며 도망을
쳤다. 혼백이 나간 듯, 얼굴이 하얗게 질린 자고의 모습은
참으로 한심했다.

제후들은 현자로서의 공자는 좋아하나 그 실상은 좋아
하지 않았다. 모두 섭공의 용과 같은 것이다. 실제로 공자

는 그들에게 너무도 크게 보였다. 공자를 국빈으로 대우하는 나라는 있었다. 또 공자의 제자 몇 사람을 등용한 나라도 있었다. 그러나 공자의 정책을 실행하려는 나라는 없었다. 광(匡)[52] 땅에서는 난폭한 백성에게 능욕을 당하기도 했고, 송나라에서는 간신의 박해를 받기도 했고, 박(薄)[53] 땅에서는 흉한의 습격을 받기도 했다. 공자를 기다리고 있는 것은 제후들의 경원과 어용학자들의 질시와 정치가들의 배척이 전부였다.

그러나 공자는 경서 강론을 더욱 멈추지 않았고, 또 그의 제자들은 절차(切磋)를 게을리하지 않았으며 꾸준히 여러 나라를 여행했다.

"새도 좋은 나무를 고른다. 하물며 나무라고 새를 고르지 아니 하겠느냐?"[54]

기개는 극히 높았지만, 결코 세상과 등진 것이 아니고 어디까지나 세상에 쓰임 받기를 원한 것이었다. 그리고 자신들이 쓰임 받으려는 것은 자신들을 위함이 아니라 천하를 위하고 도를 위한 것이라고, 진심으로 정말 어처구니없게도 진심으로 그렇게 생각하고 있었던 것이다. 궁핍함 속에서도 늘 밝고, 괴로움 속에서도 희망을 버리지 않았다.

실로 이상한 일행이었다.

 일행이 부름을 받고 초(楚)나라의 소왕(昭王)에게 나아
가려고 했을 때, 진(陳)나라와 채(蔡)나라의 대부(大夫)들
이 서로 짜고 은밀하게 폭도들을 시켜 공자의 일행을 길에
서 에워쌌다. 공자가 초나라에 등용되는 것을 두려워해 이
를 방해하려는 것이다. 폭도들에게 포위를 당하는 것이 처
음은 아니었지만, 이때만큼 심한 곤경에 빠진 적도 없었
다. 식량 보급이 막혀, 일행이 불에 익힌 식사를 먹어 본 지
이레나 되었다. 굶주림과 피로에 지쳐 병자가 속출했다.

 제자들은 피곤에 지치고 두려움에 떨었으나 오로지 공
자만은 조금도 기력이 떨어지지 않은 채 평소처럼 시가(詩
歌)를 읊었다. 굶주리는 제자들을 보다 못한 자로가 안색
을 바꾸며 공자에게 갔다. 그리고 지금 선생님께서 노래하
고 계시는 것이 예인가 하고 물었다. 공자는 대답하지 않았
다. 거문고를 만지던 손도 멈추지를 않았다. 그러나 이윽
고 곡이 끝나자 말했다.

 "유, 나는 자네에게 말하겠네. 군자가 악(樂)을 즐기는
것은 교만한 마음을 없애기 위함이고, 소인이 악을 즐기는

것은 두려운 마음을 달래기 위한 것이라네. 이러한 나의 참 뜻도 모르고 나를 따르고 있었단 말인가?"[55]

자로는 순간 귀를 의심했다. 이런 궁지 속에서 더욱 교만하지 않기 위함이라니? 그러나 곧 그 마음을 헤아리게 되자, 갑자기 기뻐하며 손에 척(戚)[56]을 쥐고 춤을 추기 시작했다. 공자가 이에 화답해 시가를 세 곡이나 탄주했다. 옆에 있던 사람들은 잠시 굶주림과 피곤함을 잊고 이 서툴기 짝이 없는 즉흥 춤에 흥겨워했다.

여전히 진나라와 채나라의 대부가 포위망을 풀지 않는 것을 보고 자로가 말했다.[57]

"군자도 곤궁할 때가 있습니까?"

스승의 평소 말씀에 의하면 군자는 곤궁할 때가 없어야 한다고 생각했기 때문이었다. 그 말이 떨어지기가 무섭게 공자는 대답했다.

"참으로 곤궁하다는 것은 인의도덕의 도에 곤궁한 것을 말함이 아닌가? 지금 나는 인의도덕의 도를 마음에 품고 난세의 재난을 만난 것이니 어찌 곤궁하다고 할 수 있겠는가? 만약 먹을 것이 모자라 몸이 여위는 것을 곤궁이라고 한다면 물론 군자도 곤궁하지. 그러나 소인이 곤궁하면 이성을 잃어버리게 된다네."[58]

군자와 소인은 그것이 다를 뿐이라는 것이다. 자로는 그만 얼굴이 새빨개졌다. 자기 속에 있는 소인스러움을 지적받은 심정이었다. 자로는 곤궁함도 운명임을 알고 큰 난에 임해서도 전혀 흥분하는 기색조차 보이지 않는 공자의 참모습을 본 것이다.

"대용(大勇)이로다."

자로는 경탄하지 않을 수 없었다. 일찍이 자신이 자랑으로 삼던, 장검의 하얀 날이 서로 교차하는 것을 보고도 눈하나 깜짝하지 않을 정도였던 자신의 용(勇)이 너무도 초라하고 보잘것없는 것으로 여겨졌다.

11

허(許)나라에서 초나라의 섭(葉)으로 나오는 도중에 일어난 일이다. 자로가 홀로 공자의 일행과 뒤떨어져서 밭 가운데로 난 길을 걷다가 삼태기를 짊어진 한 노인과 마주쳤다. 자로가 가볍게 인사를 하며 우리 선생님을 못 보았느냐고 물었다. 노인이 멈춰 서서 쏘아붙였다.

"선생 선생 하는데 당신이 말하는 선생을 내가 알 리 없지 않겠소?"

그리고 자로의 외양을 한번 훑어보고는 얕잡아 보듯이 웃으며 말했다.

"보아하니 손발로 수고하지 않으며 사실을 좇지 않고 공리공론으로 날을 지새우는 사람 같구먼."

그러고는 밭으로 들어가 이쪽은 보지도 않고 부지런히 풀을 뜯기 시작했다. 노인이 은둔자임에 틀림없다고 생각한 자로는 손을 앞으로 모아 가볍게 인사하고는 길에 서서 노인의 다음 말을 기다렸다.

노인은 말없이 한참 일을 하고 나서 길 옆으로 나와 자로를 데리고 자신의 집으로 갔다. 이미 날이 저물고 있었다. 노인은 닭을 잡고 기장으로 밥을 지어 대접하고는, 두 아들에게도 자로를 소개했다. 식후에 탁주의 취기가 기분 좋게 돌자, 노인은 옆에 있는 거문고를 타기 시작했다. 두 아들이 이에 맞추어 노래했다.

풀을 흠뻑 적시고 있는 이슬은
햇빛이 아니면 마르지 않으리.

밤 늦도록 술을 마시고

흠뻑 취하지 않으면 돌아가지 않으리.[59]

실로 가난한 생활임에도 불구하고 풍요로운 여유가 집 안에 가득했다. 화기애애한 세 부자의 얼굴은 때로 어딘가 고상함을 느끼게 했다.

곡이 끝나자 노인은 자로에게 말했다.

"육지를 가는 데에는 마차를, 물을 가는 데에는 배를 타는 것이 예부터 정해진 이치지요. 지금 육지를 가면서 배를 타려는 것은 어찌함인지요? 요즘 세상에 주(周)의 옛 법을 시행하려는 것은 마치 육지를 가면서 배를 타려는 것과 같다고 할 수 있지 않겠소? 요즘 사람들에게 주공(周公)의 옷을 입히려고 하면 모두 놀라 찢어버리는 것은 정한 이치라고 봅니다."

자로가 공문(孔門)의 한 사람임을 알고 한 말이 분명했다. 노인은 또 말했다.

"다 즐기고 나서 비로소 뜻을 이루었다고 할 수 있지요. 뜻을 이루었다 함은 헌면(軒冕)[60]을 말함이 아니외다."

한가롭고 담백하게 사는 것이 이 노인의 이상일 것이다.

자로가 이러한 둔세 철학자를 처음 만난 것은 아니었다. 장저(長沮)와 걸익(桀溺)[61] 같은 이들도 만났다. 초나라의 접여(接輿)[62] 같은 광인도 만난 적이 있다. 그러나 이렇게 그들 속에 들어가 하룻밤을 함께 지낸 적은 없었다. 온화한 노인의 말과 부드러운 모습을 대하고 있노라니 자로는 이 또한 하나의 아름다운 삶의 방법이라고 생각되어 다소 선망하기도 했다.

그러나 자로도 잠자코 상대의 말만 듣고 있을 수만은 없었다.

"속세를 떠나는 것은 본디 즐거운 일입니다만 사람이 사람인 까닭은 다 즐기는 것에 있는 것이 아니지요. 구구한 일신을 청결히 하고자 하여 대륜(大倫)을 거스르는 것은 인간의 도가 아니지요.[63] 저희도 지금 세상에 도가 행해지지 않으리란 것쯤은 이미 오래 전부터 알고 있습니다. 요즘 세상에 도를 논하는 것이 위험한 일이란 것도 알고 있습니다. 그러나 도가 없는 세상이기 때문에 위험을 무릅쓰고도 도를 외칠 필요가 있는 것이 아닐까요?"

다음 날 아침 자로는 노인의 집을 나와 갈 길을 서둘렀다. 길을 가며 자로는 공자와 어젯밤의 노인을 비교해 보았다. 공자의 명철함이 그 노인에게 뒤질 리는 없었다. 공자의 욕심이 그 노인보다 많을 리도 없었다. 그러면서도 공자가 자신만을 위한 길을 버리고 도를 위해 천하를 주유하는 것을 생각하니 갑자기 어젯밤에는 전혀 몰랐던 노인에 대한 증오가 느껴지기 시작했다.

점심 때가 되어서야 겨우 전방 멀리 새파란 밀밭 가운데로 난 샛길에 한 무리의 사람들이 보였다. 그 중에서 특히 눈에 띄게 키가 큰 공자의 모습을 발견했을 때, 자로는 무언가 가슴이 죄는 듯한 고통을 느꼈다.

12

"집이 열 채 정도밖에 없는 작은 마을에도 반드시 성실하고 말과 행동이 일치하는 점에서 나와 필적하는 인물이 있을 것이다. 그러나 나만큼 학문을 좋아하는 인물은 없을 것이다."[64]

스승의 이 말씀을 가지고, 송(宋)[65] 나라에서 진(陳)나라로 나오는 배 위에서 자공과 재여가 논쟁을 벌였다. 자공은 말씀과는 관계없이 공자의 위대한 완성은 선천적인 소질의 비범함에 의한 것이라고 했다. 한편 재여는 후천적인 자기 완성의 노력이 더 큰 것이라고 했다. 재여의 말에 의하면, 공자의 능력과 제자들의 능력 차이는 양적인 것이지 결코 질적인 것이 아니라는 이야기이다. 공자가 갖고 있는 것은 만인도 갖고 있는 것으로, 단지 그 하나하나를 공자는 끊임없는 각고에 의해 오늘날의 크기로까지 완성시켰을 뿐이라는 것이다.

그러나 자공은 양적인 차이도 커지면 질적인 차이와 다를 바 없다고 주장했다. 게다가 자기 완성에 대한 노력을 그만큼 계속할 수 있다는 것은 이미 선천적인 비범함이 증거가 되지 않겠느냐고 반문했다. 또한 자공은 무엇보다 공자의 천재성에서 핵심이 되는 것은 뭐니 뭐니 해도 탁월한 중용(中庸)[66]의 도라고 했다. 그것은 언제 어떠한 경우에도 스승의 진퇴를 미화하는 멋진 중용의 도라는 것이다.

"무슨 소리들을 하고 있는 게냐?"

옆에서 듣고 있던 자로가 씁쓸한 얼굴로 물었다. '말뿐이지 담력은 전혀 없는 녀석들! 지금 이 배가 뒤집힌다면 네놈들은 아마도 얼굴이 새파랗게 질려 버릴 게다. 뭐니 뭐니 해도 유사시에 실제로 선생님께 도움이 될 사람은 바로 나밖에 없지.' 자로는 능란한 말재주로 떠들던 젊은 두 사람을 앞에 두고, 마음에도 없는 겉치레 말은 덕을 해친다고 한 스승의 말씀을 떠올리며 자신의 가슴속에 있는 얼음처럼 맑은 마음을 내심 자랑스럽게 생각했다.

그러나 자로에게도 스승에 대한 불만이 전혀 없는 것은 아니었다.

진(陳)나라의 영공(靈公)[67]이 신하의 아내와 통정하고 그녀의 속옷을 입고 조정에 나아가 이를 모두에게 자랑해 보이자, 설야(泄冶)[68]라는 신하가 간언했다가 죽임을 당했다. 1백여 년 전에 일어난 이 사건에 대해 한 제자가 공자에게 질문했다.

"설야가 바른 말을 하여 죽임을 당한 것은 옛날 비간(比干)[69]의 죽음과 전혀 다를 바 없습니다. 이를 인(仁)이라 칭하는 것이 옳은 것인지요."

그러자 공자가 대답했다.

"아니지. 비간은 주왕(紂王)[70]과 혈연 관계이기도 하고, 또 관직으로는 소사(少師)[71]의 자리에 있었다. 그러므로 자신의 몸을 버리면서까지 세찬 간언을 한 것은 자신이 죽은 후에라도 주왕이 후회하기를 기다렸기 때문이었지. 이는 마땅히 인(仁)이라고 해야 하네. 그러나 설야는 영공과 혈연 관계도 아니고, 또 지위도 일개 대부에 불과하지 않은가? 군주가 올바르지 않고 나라가 올바르지 않으면 깨끗하게 관직에서 물러나야 하는데 자신의 분수도 모르고 구구한 몸으로 일국의 어지러움을 바르게 하려 하다니. 이는 스스로 자신의 생명을 함부로 버린 게야. 인은커녕 한 소동에 불과한 것이지."

질문을 했던 제자는 공자의 말을 듣고 납득해 물러났으나, 옆에서 듣고 있던 자로는 도저히 이해할 수 없었다. 그는 그 자리에서 물었다.

"인(仁)·불인(不仁)은 둘째 치고, 어쨌든 자신의 위험을 무릅쓰고 일국의 문란함을 바르게 하고자 한 것에는 지(智)·부지(不智)를 넘어선 훌륭함이 있다고 할 수 없는지요? 결과야 어떻든 생명을 헛되이 한 것이라고 잘라 말할 수는 없는 것이 아닌지요?"

"유, 그대는 소의(小義) 속에 있는 훌륭함만을 보고 그이상의 것은 보지 못하는가? 옛 사대부는 나라에 질서가 있으면 충성을 다해 도왔으나, 나라에 도가 없으면 물러나 피했다네. 자네는 아직 이러한 출처진퇴(出處進退)를 이해하지 못하는 것으로 보이는군. 시경에 백성에게 부정한 생각이 횡행하면 스스로 법령을 지키기 어렵게 된다고 말하고 있다네.[72) 생각건대 설야의 경우가 이에 해당되는 듯하구나."

"그러면……."

자로가 상당히 오랜 시간 생각한 끝에 말했다.

"결국 세상에서 가장 중요한 것은 일신의 안전을 꾀하는 것에 있습니까? 몸을 버려 의를 세우는 것에는 없습니까? 한 인간의 출처진퇴가 적합한지 부적합한지의 문제가 천하창생의 안위보다 더 소중한 것일까요? 왜냐하면 지금의 설야가 만약 눈앞의 어지러운 윤리를 비난하며 직위에서 물러났다면 그의 일신은 그것으로 좋을지도 모르지요. 하지만 진나라의 백성에게 그것이 도대체 무슨 도움이 될까요? 그래도 아무 소용이 없다는 것을 알면서도 간언해 죽는 쪽이 국민의 기풍에 주는 영향으로 말하면 훨씬 의미가 있는 것이 아닐까요?"

"물론 일신의 보전만이 소중하다고는 말하지 않겠네. 그렇다면 비간의 죽음을 인이라고 칭찬하지도 않겠지. 단지 도(道)를 위하여 버리는 생명도 그것을 버릴 때와 장소가 있는 법. 그것을 지혜롭게 헤아리는 데에는 개인의 이익을 위한 것이 아니어야 하네. 서둘러 죽는 것만이 능사는 아니거든."

그러고 보니 일단은 그런 것도 같지만, 여전히 석연치 않은 점이 있었다. 몸을 죽임으로써 인을 이룬다고 말하면서도 한편으로는 어딘가 명철보신(明哲保身)을 최상의 지혜라고 생각하는 경향이 스승의 말씀 속에서 느껴지기 때문이었다. 그것이 왠지 마음에 걸렸다. 다른 제자들이 이것을 전혀 느끼지 않는 것은 명철보신주의가 그들의 본능이 되어 버렸기 때문이다. 그것을 기초로 한 인이나 의가 아니면 그들에게는 위태로워 어쩔 도리가 없음에 틀림이 없는 것이었다.

자로가 납득하기 어렵다는 표정으로 자리를 뜨자, 그의 뒷모습을 보며 공자가 걱정스럽게 말했다.

"나라에 질서가 있을 때에도 곧기가 대쪽 같더니 나라에 질서가 없을 때에도 역시 곧기가 대쪽 같으니, 저 아이도 위나라의 사어(史魚)[73] 같은 부류의 인물이로군. 어쩌면 심상치 않은 죽음을 당할지도 모르겠어."

초(楚)나라가 오(吳)[74]나라를 쳤을 때, 공무를 담당하던 공윤(工尹) 상양(商陽)[75]이 오나라의 군대를 뒤쫓다가, 동 승한 기질(棄疾)[76] 왕자에게 권했다.

"왕께서 위급하옵니다. 왕자께서는 활을 잡으셔야겠습니다."

왕자는 난생처음으로 손에 활을 쥐었다.

"빨리 쏘십시오."

이 말을 듣고 겨우 한 사람을 맞혀 쓰러뜨렸다. 왕자는 곧 활을 자루 속에 넣어 버렸다. 그러나 재촉을 받고 다시 활을 꺼내 두 사람을 더 쓰러뜨렸는데, 한 사람을 쏠 때마다 눈을 감았다. 세 사람째 쓰러뜨리고 나서는 "지금의 나로서는 이 정도면 충분할 것이다" 하고 그 자리에서 수레를 돌렸다.

공자는 이 이야기를 전해 듣고 감탄해 말했다.

"사람을 죽이는 것에도 예가 있도다."

그러나 자로에게는 이런 터무니없는 일이 또 없었다. 특히 '나로서는 세 사람을 죽인 것으로 충분하다'는 말 속에는 그가 가장 싫어하는 개인의 행동을 국가의 휴척(休戚)[77] 보다 위에 두는 생각이 너무나도 분명했기 때문에 화가 났다. 그는 성을 내며 공자에게 달려들었다.

"인신(人臣)의 절개는 군주가 위태로울 때 힘이 미치는 데까지 다하고 죽음으로써 비로소 끝나는 것이지요.[78] 그런데 선생님께서는 어찌 그를 선하다고 하시는 겁니까?"

공자도 과연 여기에는 아무 말도 못했다. 그저 웃으면서 대답할 뿐이었다.

"그렇다네. 자네의 말 그대로라네. 나는 단지 사람을 죽이는 데 절제하는 마음만을 들어 이야기한 것이라네."

13

위(衛)나라에 드나들기를 네 번. 진(陣)나라에 머물기를 3년. 자로는 조(曺)·송(宋)·채(蔡)·섭(葉)·초(楚)나라로 공자를 좇아 돌아다녔다. 공자의 도를 실행해 주는 제후가 나오리라고는 새삼스럽게 바라지도 않았다. 그렇지만 이상하게도 자로는 벌써부터 이에 초조해하지 않게 되었다. 세상의 혼탁함과, 제후의 무능함과, 공자의 불우함에

대해 몇 년 동안 계속 초조와 분을 품었으나, 요즘 들어서
는 막연하게나마 공자와 그를 따르는 자신들의 운명을 이
해하게 된 듯했다. 그것은 소극적으로 운명이라고 체념해
버리는 것과는 아주 거리가 멀었다. 똑같이 운명이라고 해
도 '한 작은 나라에 한정되지 않고, 한 시대에 한정되지 않
는, 천하 만대의 목탁(木鐸)[79]'으로서 사명을 깨닫기 시작
한, 상당히 적극적인 운명인 것이다. 광 땅에서 흉한들에
게 포위당했을 때, 의기충천하여 "하늘이 아직 나의 길을
멸하지 않는데 하물며 광인들이 어찌 나를 멸하겠느냐?"[80]
고 공자가 말한 것을 지금의 자로는 실로 잘 알 수 있게 되
었다.

　어떠한 경우에도 절망하지 않고, 결코 현실을 경멸하지
않으며 주어진 범위에서 늘 최선을 다한다는 스승의 지혜
의 폭도 알 수 있게 되었고, 늘 후세 사람들에게 보여질 것
을 의식하는 듯한 공자의 행동거지가 갖는 의미도 지금에
오니 비로소 납득할 수 있게 된 것이다. 그러나 남아도는
듯한 속재(俗才) 때문인지 명민한 자공에게는 공자의 이러
한 초시대적인 사명에 대한 자각이 적었다. 오히려 스승에
대해 단순하기 짝이 없는 애정을 가진 정직한 자로 쪽이 공

자라는 인물의 커다란 의미를 파악한 듯했다.

방랑 생활을 거듭하는 동안 자로도 이미 50세가 되었다. 규각(圭角)[81]이 없어졌다고 하기는 어렵지만, 인간의 관록을 보이기 시작했다. 후세의 소위 '만종록(萬鍾錄)[82]도 내게는 아무런 유익이 없다'고 한 말과 같은 기골도, 번뜩이던 눈빛도, 여윈 방랑인의 장난스런 긍지도 떠나고 아주 당당한 일가(一家)의 풍격을 갖추기 시작했다.

14

공자가 네 번째로 위나라를 찾았을 때, 젊은 제후와 정경(正卿) 공숙어(孔叔圉)[83]가 부탁해 왔으므로, 공자는 자로를 추천해 이 나라를 위하여 일하게 했다. 공자가 10여 년 만에 고국으로 부름을 받았을 때에도 자로는 공자와 떨어져서 위나라에 머물렀던 것이다.

10년 동안 위나라는 후궁 남자(南子)의 난행을 중심으로 끊임없이 분쟁을 거듭했다. 먼저 공숙술(孔叔戌)이란 자가 남자의 배척을 기도하다가 참소되어 노나라로 망명했다. 이어 영공(靈公)의 아들 괴외태자(蒯聵太子)도 의붓어머니

인 남자를 없애려다 실패해 진(陳)나라로 도망했다.

태자의 자리가 비어 있는 동안 영공이 세상을 떠났다. 하는 수 없이 망명한 태자의 어린 아들인 첩(輒)을 세워 뒤를 잇게 했다. 이 사람이 출공(出公)이다. 도망한 위나라의 전(前) 태자 괴외는 진나라의 힘을 빌려 위나라의 남부에 침입해 호시탐탐 제후의 자리를 노렸다. 자리를 빼앗기지 않으려고 거부하는 이는 아들이고, 자리를 뺏으려고 노리는 이는 아버지였다. 자로가 녹을 먹고 일하는 위나라는 이러한 상태였다.

자로의 일은 공가(孔家)의 집사로서 박(薄) 땅을 다스리는 것이었다. 위나라의 공가는 노나라에서 말하는 계손씨에 해당하는 명가로, 당주(當主)인 공숙어는 일찍이 명대부로 이름이 높았다. 박 땅은 남자의 참소로 망명한 공숙술의 옛 영지였다. 따라서 주민들은 옛 영주를 쫓아낸 현 조정에 대해 심히 반항적이었다. 원래 사람들의 기질이 거친 곳으로, 일찍이 자로 자신도 공자와 함께 이곳에서 흉한에게 습격을 당한 적이 있었다.

임지로 떠나기 전 자로는 공자에게 가서 박의 사정을 이야기하며 스승의 가르침을 구했다.

"그 곳에는 장사(壯士)가 많아 다스리기 어렵겠습니다."

그러자 공자는 다음과 같이 말했다.

"겸손하고 경건한 마음이 있으면 용맹한 자를 복종시킬 수 있고, 관대하고 올바르면 민중을 따르게 할 수 있다. 또한 온화하면서도 일에서 결단력이 있으면 사악한 인간을 물리칠 수 있지."[84]

자로는 스승에게 재배한 뒤, 기쁜 마음으로 임지로 떠났다.

박 땅에 도착하자마자 자로는 먼저 그 지방의 유력자와 반항분자들을 불러 솔직히 털어놓고 이야기했다. 회유하기 위한 수단이 아니었다. 공자가 늘 말하던 '가르치지 않고 형벌을 하는 것은 옳지 않다'는 것을 알고 있었으므로 먼저 그들에게 자신의 뜻을 밝혀둔 것이다. 거드름을 피우지 않는 솔직함이 그 지방 사람들의 기질에 맞아떨어졌는지, 장사들은 모두 자로의 활달 명쾌함을 존경하며 따랐다. 게다가 이 무렵 자로의 이름은 이미 공문(孔門)의 제일가는 쾌남아로서 천하에 소문이 나 있었다.

"피고나 원고 어느 한 쪽의 변론만을 듣고도 판결을 내릴 수 있는 것은 자로뿐일 것이외다."[85]

공자의 이 추천사에 어느 정도의 과장이 보태져 널리 알려졌던 것이다. 박의 장사들을 복종하게 한 것은 한편으로는 확실히 이러한 평판이 있었기 때문이기도 했다.

3년 후에 공자는 박의 구석구석을 돌았다. 먼저 영내에 들어가자마자 말했다.

"잘했다, 유! 참으로 공경과 신의가 있구나."

그리고 읍내에 들어가서 말했다.

"잘했다. 유! 충성되고 신실하며 관대하구나."

그리고 자로의 집에 들어가서는 이렇게 말했다.

"잘했다. 유! 명철하면서 결단력이 있도다."

말없이 옆에 있던 자공이 아직 자로를 보지 않고도 칭찬하는 이유를 묻자, 공자는 이렇게 말했다.

"이미 영내에 들어서니 논밭이 모두 정리되었고, 황무지가 개간되었고, 관개수로 또한 정리가 잘 되었다. 이는 치자에게 공경과 신의가 있어 이에 응해 백성이 힘을 다했기 때문이니라. 읍에 들어가니 민가의 담장이 완비되어 있고 수목도 울창했다. 이는 치자가 충성되고 신실하고 관대하므로 백성이 제 할 일을 게을리하지 않고 있다는 것을 의미함이다. 그리고 그의 집에 당도해 보니 집안이 심히 정결하고 조용하며 심부름하는 아이 한 사람에 이르기까지 명령에 불복하는 자가 없지 않은가? 그것은 치자의 말이 명철하고 결단력이 있어서 사람들을 다스리는 데 어지러움이 없다는 것을 뜻하지. 그러므로 아직 유를 만나 보지 않고도 모두 그의 다스림을 알 수 있다는 게 아닌가?"

15

노나라의 애공(哀公)[86]이 대야(大野)[87]에 사냥을 나가 기린을 잡았을 무렵[88], 자로는 잠시 위나라에서 노나라로 돌아와 있었다. 그때 소주(小邾)[89]의 대부인 역(射)[90]이라는 사람이 나라에 반역을 하고 노나라로 도망을 왔다. 그는 자로와 한 번 만난 적이 있는 사람이었다.

"자로가 나를 필요로 한다면 내게 노나라의 보증 따위는 필요없소."

당시의 관습으로는 타국에 망명한 사람은 그 나라에서 자신의 생명에 대한 보증을 받고서야 비로소 안심하고 그 나라에 머물 수 있었던 것이다. 그런데 이 소주의 대부는 자로가 보증을 서 준다면 노나라의 보증 따위는 필요없다고 한 것이다. 그만큼 승낙한 것을 다음날로 미루는 일이 없는[91] 자로의 신의와 정직이 세상에 널리 알려진 것이다. 그러나 자로는 냉정하게도 이를 거절했다. 이에 대해 어떤 이가 물었다.

"대국의 맹세[92]도 믿지 않고 단지 자로 한 사람만을 신뢰한다고 한 그 말은 남자의 숙원으로서 이보다 더할 것이 없으련만, 어찌하여 이를 부끄러이 여기는가?"

그러자 자로는 서슴없이 대답했다.

"노나라와 소주 사이에 일이 생길 경우, 그 성내에서 죽으라고 한다면 기꺼이 응할 것이오. 그러나 역(射)이라는 사람은 자기 나라를 판 자요. 만일 내가 보증을 선다면 나 스스로 매국노를 인정하게 되는 것이 아니겠소? 이는 내게 할 수 있나 없나를 물어 볼 가치조차 없는 것이오."

자로를 잘 아는 사람들은 이 이야기를 전해 듣고 무심히 웃음을 지었다. 너무나도 자로다운 행위요 말이었기 때문이었다.

같은 해에 제나라의 진항(陳恒)[93]이 군주를 죽였다. 공자는 제계(齊戒)하고 나서 3일 후 애공(哀公) 앞에 나아가 의를 위해 제나라를 칠 것을 청했다. 그것도 세 번이나 청했다. 그러나 제나라의 강력한 힘을 두려워한 애공은 이를 들으려고 하지 않았다. 그러고는 계손(季孫)에게 알려서 가능성을 타진해 보게 했다. 계강자(季康子)가 이를 찬성할 리 없었다. 공자는 천자의 앞을 물러나와 사람들에게 이 사실을 알리며 말했다.

"나도 대부의 말석을 더럽히는 몸이니 말하지 않고 있을 수 없었던 것이라네."[94]

쓸데없는 일이라는 것을 알면서도 일단은 말을 하는 것이 자신이 할 도리라는 것이다. 당시 공자는 국로(國老)의 대우를 받고 있었다.

자로는 약간 얼굴을 찌푸렸다. 스승이 한 일은 그저 형식만을 위한 것에 지나지 않는 것인가? 형식만 취하면 그것이 실행으로 옮겨지지 않아도 아무렇지 않게 지나칠 수 있다는 말인가?

자로가 공자의 가르침을 받기 시작한 지 어언 40년 가까이 되련만, 이 두 사람 사이의 거리는 더 어찌할 수 없는 것일까?

16

　자로가 노나라에 돌아와 있는 동안에 위나라에서는 대들보였던 공숙어(孔叔圉)가 죽었다.[95] 그러자 그의 미망인이며 망명한 태자의 누나뻘인 백희(伯姬)라는 여책략사가 정치의 일선에 나섰다. 외아들 회(悝)가 아버지 어(圉)의 뒤를 이은 것으로 되었지만, 이는 명목에 지나지 않았다.

　백희의 입장에서 보면 지금의 위후인 첩(輒)은 생질이고, 자리를 넘보고 있는 전(前) 태자 괴외는 남동생으로, 가깝기는 어느 쪽도 마찬가지였다. 그러나 애증과 이해가 복잡하게 얽혀 있는 터라, 그녀는 묘하게도 남동생을 위해 힘쓰려고 했다. 남편이 죽은 후 전부터 총애해 곁에 두고 있던 미남 청년 가신 혼량부(渾良夫)로 하여금 동생 괴외와 내통하게 해서 은밀히 지금의 위후를 쫓아내는 일을 꾀하고 있었다.

　자로가 위나라로 되돌아와 보니, 위후 부자간의 싸움은 더욱 격화되어서, 정변의 기운이 짙게 깔린 것을 어디에서나 느낄 수 있었다.

　주나라 소왕(昭王) 40년[96]의 윤12월 어느 날이었다. 저녁 무렵 자로의 집에 황급히 뛰어드는 사신이 있었다. 공가(孔家)의 가로(家老) 난녕(欒寧)의 집에서 보낸 사람이었다. 그가 들고 온 서한에는 다음과 같이 씌어 있었다.

"오늘 전 태자 괴외가 도성에 잠입해서 지금 공씨의 집에 들어와 백희와 혼량부와 더불어 공회를 위협해 자신을 제후로 받들게 하고 있소. 대세는 이미 움직이기 어렵소. 나 난녕은 지금부터 지금의 제후를 모시고 노나라로 도피할 참이오. 뒷일을 잘 부탁하오."

자로는 드디어 올 것이 왔다고 생각했다. 어쨌든 자신의 주인에 해당하는 공회가 묶여 위협을 받고 있다는 말을 듣고 가만히 있을 수는 없었다. 그는 허겁지겁 공영(公營)으로 달려갔다.

막 바깥문을 들어가려는데 마침 안에서 나오는 땅딸한 남자와 부딪쳤다. 자고(子羔)였다. 공자 문하의 후배로 자로의 추천을 받아 이 나라의 대부가 된 사람인데, 정직하지만 소심한 남자였다.

"벌써 안문은 닫혔어요."

"아니다, 가 보기만이라도 해야겠어."

"그렇지만 이젠 쓸데없는 일이에요. 난을 입게 될지도

모르는 일이구요."

"공가의 녹을 먹고 있는 몸이 아닌가? 무엇을 위해 난을 피하겠는가?"

말리는 자고를 뿌리치고 안문 앞으로 나왔더니 과연 문은 안으로 굳게 닫혀 있었다. 자로는 문을 쾅쾅 세차게 두드렸다.

"들어와선 안 돼!"

안에서 외치는 소리가 들렸다. 자로는 그 소리를 꾸짖으며 소리쳤다.

"그 목소리는 공손감(公孫敢)이로군. 나는 난을 피하기 위해 변절하는 그런 인간이 아니라네. 주인의 녹을 먹은 이상 그를 환난에서 구하지 않으면 안 된다네. 어서 문을 열게! 어서 문을 열어!"

마침 안에서 사신이 하나 나왔기 때문에 자로는 그와 엇갈려 안으로 뛰어들어 갔다.

보아하니 넓은 마당 가득히 사람들이 모여 있었다. 공회의 이름하에 새로운 위후 옹립 선언이 있다고 하여 급히 불러 모은 군신들이었다. 모두 각기 경악과 곤혹스런 빛을 감추지 못하고 현재의 동태에 당황해 하는 듯했다. 마당 쪽을 향해 있는 노대(露臺)에는 젊은 공회가 어머니 백희와 외숙 괴외에게 눌려 모두에게 정변 선언과 그에 대한 설명을 하도록 강요 당하고 있는 상황이었다.

자로는 군중의 뒤에서 노대를 향해 큰 소리로 외쳤다.

"공회를 붙잡고 뭘 하겠다는 건가! 공회를 놓아 주어라. 공회를 죽인다고 해도 정의파는 망하지 않는다!"

자로로서는 무엇보다도 먼저 자신의 주인을 구하고 싶었던 것이다. 순간 광장의 모든 사람들이 자신 쪽을 향했음을 알고는 이번에는 군중을 향해 선동하기 시작했다.

"소문에 의하면 태자는 겁쟁이라고 한다. 밑에서 불을 질러 노대를 태우면 두려워 공숙에게서 손을 뗄 게 틀림없다. 불을 질러라, 불을!"

이미 때는 땅거미가 지기 시작해 마당 구석구석에 화톳불이 피워져 있었다. 자로는 이를 가리키며 외쳤다.

"자, 어서 불을! 불을! 선대의 공숙문자(孔叔文子) 어(圉)의 은덕을 느끼는 자들은 모두 불을 들고 대를 태워라. 그리고 공숙을 구하라!"

노대 위의 찬탈자는 크게 두려워하며 석걸(石乞)과 우염(盂黶)의 두 검사(劍士)에게 명하여 자로를 치게 했다. 자로는 두 사람을 상대로 격렬하게 싸웠다. 그러나 왕년의 용사 자로도 나이에는 이길 수 없었다. 점차 힘이 떨어지고 호흡이 거칠어져 갔다. 자로의 기색이 좋지 않은 것을 본 군중들은 이때 기치를 분명히 했다. 큰 소리로 욕하며 자로에게 달려들어, 무수한 돌과 막대기로 때렸다.

적의 창끝이 뺨을 스쳤다. 관끈이 끊어지면서 관이 땅에 떨어졌다. 왼손으로 그것을 받치려는 순간, 또 다른 적의 칼이 어깻죽지에 박혔다. 피가 솟구치고, 자로는 쓰러지고, 관이 땅에 뒹굴었다. 쓰러지면서 자로는 손을 뻗어 관을 주워 바르게 머리에 쓰고는 재빨리 끈을 묶었다. 적의 칼날 아래에서 선혈을 뒤집어쓴 자로는 마지막 힘을 다해 절규했다.

"보라! 군자는 관을 바로 하고 죽는 것이다!"

자로는 전신이 생선회같이 찢겨 죽었다.[97]

멀리 노나라에서 위나라의 정변 소식을 들은 공자는 말했다.

"시(柴)는 무사히 돌아오겠구나. 그러나 유(由)는 죽었을 것이다."[98]

과연 그 말과 같이 된 것을 알았을 때, 노(老) 성인은 한

참을 저립명목(佇立瞑目)⁹⁹⁾했다. 그러고는 하염없이 눈물을 흘렸다. 자로의 사체가 소금절임¹⁰⁰⁾이 되었다는 말을 들었을 때는 집안의 모든 젓갈류를 내다 버리고, 이후 일절 식탁에 젓갈을 올리지 않았다고 한다.

이능
李 陵

1

한(漢)나라의 무제(武帝)가 재위에 있던 천한(天漢) 2년 9월에, 기도위(騎都尉)[1] 이능(李陵)은 보병 5천을 이끌고 변새(邊塞) 차로장(遮虜鄣)[2]을 떠나 북으로 향했다. 알타이 산맥의 동남쪽 끝이 고비사막에 닿은, 자갈 많고 거친 구릉 지대를 뚫고 북행하기를 30일. 북풍은 융의(戎衣) 속으로 스며들어, 만리고군(萬里孤軍)의 감회가 깊었다. 막북(漠北)의 준계산(浚稽山)[3] 기슭에 이르러 마침내 군은 진을 치게 되었다. 이는 이미 적 흉노[4]의 세력권 안에 깊숙이 들어와 있는 셈이었다. 아직 가을이라고는 하지만 북쪽 땅인지라 벌써 개자리풀은 마르고 느릅나무와 갯버들 잎은 다 떨어진 뒤였다.

진영 근처를 제외하고는 나뭇잎은 고사하고 나무들도

쉽게 볼 수 없을 정도로 오직 모래와 바위와 자갈, 물이 말라 바닥까지 드러난 개울 등 황량한 풍경뿐이었다. 아무리 주위를 둘러보아도 인가는 눈에 띄지 않았다. 가끔 눈에 띄는 것은 물을 찾는 영양들이 고작이었다. 우뚝 솟은 바위와 먼 산 위로 가을 하늘에 기러기 떼가 줄을 긋듯 남쪽으로 날아가는 모습을 보고도 장졸 일행은 달콤한 고향 생각 따위에 젖어드는 사람 하나 없었다. 그만큼 그들은 극한 위기에 처해 있던 것이다.

기병을 주력군으로 한 흉노를 향해, 오직 보병만으로—말에 올라탄 사람은 이능과 그의 막료 몇 명에 지나지 않았다— 오지 깊숙이 들어왔다는 것은 매우 무모한 짓이라고 할 수밖에 없었다. 보병의 수도 겨우 5천 명에 지나지 않았다. 그 외에 원병이라고는 전혀 없었다. 더구나 이 준계산은 가장 가까운 한의 요새인 거연성에서도 족히 1천5백 리는 떨어져 있었다. 통솔자 이능에 대한 절대적인 신뢰와 심복 없이는 도저히 계속할 수 없는 행군이었다.

해마다 가을 바람이 불기 시작하면 으레 한나라의 북쪽 변방에서는 호마를 탄 기세가 등등하고 용감무쌍한 침략자들의 대부대가 나타났다. 관원을 살해하고 주민을 노략

하고, 가축 또한 약탈해 갔다. 오원(五原)·삭방(朔方)·운중(雲中)·상곡(上谷)·안문(雁門) 등이 주된 피해지였다. 대장군(大將軍)[5] 위청(衛靑)[6]과 그의 조카인 표기장군(驃騎將軍) 곽거병(霍去病)[7]의 수훈으로 한때 사막의 남쪽에 흉노의 도읍이 없었다는 원수(元狩)[8]에서 원정(元鼎)[9]까지의 몇 년을 제외하고는, 지금까지 30년 동안 해마다 북쪽 변방은 이러한 재난이 계속되었다.

곽거병이 죽은 지 18년이 되고, 위청이 죽은 지 7년이 되던 해, 착야후(浞野侯) 조파노(趙破奴)[10]는 전군을 이끌고 나가 싸우다가 포로가 되었고, 광록훈(光祿勳) 서자위(徐自爲)[11]가 쌓은 요새도 이미 허물어진 지 오래였다. 전군의 신뢰를 모을 수 있는 장수로는, 지난해에 대완국(大宛國)을 원정해 용맹을 떨친 이사장군(貳師將軍) 이광리(李廣利)[12]가 있을 뿐이었다.

그 해(천한 2년 5월) 흉노의 침략에 앞서서 이사장군이 3만 기(騎)를 이끌고 주천(酒泉)[13]을 떠났다. 서쪽 변방을 자주 침략해 오는 흉노의 우현왕(右賢王)[14]을 천산(天山)[15]으로 격퇴하고자 함이었다. 무제는 이능에게 군대의 식량과 군수물자를 운반하는 역할을 명했다. 미앙궁(未央宮)[16]의 무대전(武臺殿)에서 황제를 알현한 이능은 임무를 면해 줄 것을 극구 청했다. 이능은 사격의 명수로서 적 흉노군에게 비장군(飛將軍)으로 불리던 명장 이광(李廣)[17]의 손자였다. 과연 조부의 모습이 엿보인다고 할 만큼 기사(騎射)의 명수로, 수년 전부터 기도위로서 서쪽 변방의 주천과 장액(張掖)에서 병졸에게 활 쏘는 기술을 가르치며 훈련시키고 있었다. 나이도 이제 마흔에 가까운 혈기 왕성한 자신이 군량이나 무기 운반 따위를 맡기에는 너무나 한심했음에 틀림 없었다.

"신이 변경에서 기르는 병졸은 모두 형초(荊楚)[18] 땅에서 일기당천(一騎當千)의 용사이므로, 원하옵건대 부대 하나를 이끌고 측면에서 흉노를 견제하고 싶사옵니다."

이능의 탄원에 무제는 수긍이 가지 않는 바 아니었다. 그러나 잇따라 곳곳에 파병하느라고 마침 이능의 군대에 보낼 기마가 없었다. 이능은 그래도 상관없노라고 했다. 그는 분명 그것이 무리라고 생각했지만, 군수 물자를 운반하는 임무보다는 오히려 자신을 위해 목숨을 아끼지 않는 5천 명의 부하와 함께 위험을 무릅쓰는 쪽을 택하고 싶었던 것이다.

"신은 소(少)로써 중(衆)을 치겠사옵니다."

이능의 말에 활달한 성격의 무제는 크게 기뻐하며 소원을 들어주었다. 이능은 서쪽 장액으로 돌아가 병졸들을 단단한 각오로 무장시키고 곧 북쪽으로 돌진했다. 그때 거연에 주둔하던 강노도위(彊弩都尉) 노박덕(路博德)[19]이 명을 받고 이능의 군대를 중도까지 마중 나왔다. 여기까지는 좋았는데, 이후 일이 점점 어렵게 되어 갔다. 원래 노박덕이라는 사람은 옛날부터 곽거병의 부하로서 군대를 따라다니다가 비리후(邳離侯)[20]로 임명되었고, 특히 12년 전에는 복파장군(伏波將軍)[21]으로 10만의 병사를 이끌고 월국(越國)을 멸한 노장이었다.

그 후 후(侯)의 칭호를 잃고 지금의 지위에 머물며 서쪽 변방을 지키고 있었다. 나이로 말하면 이능에게는 아버지뻘이었다. 일찍이 제후로 봉해졌던 그 노장이 이제 이능 같은 젊은 지휘관의 뒤를 따라야 한다는 것은 아무래도 불쾌한 일이었다. 그는 이능의 군사를 맞이함과 동시에 도성에 사람을 보내어 주청했다.

"때는 가을이라 흉노의 말은 살이 쪄, 적은 수의 병사로는 기마전이 특기인 그들의 예봉에 당하지 못할 것이오. 그러니 이능과 함께 이곳에서 월동하고, 봄을 맞이해 주천과 장액의 기병 각 5천과 함께 출격하는 편이 득책이라 생각하오."

물론 이능은 무제에게 올린 이 상소에 대해서는 전혀 알리 없었다. 무제는 이를 보고 몹시 화를 냈다. 이능이 노박덕과 상의해 상소한 것이라고 생각한 것이었다.

"내 앞에서는 그처럼 호언하더니 변경에 가서 갑자기 겁을 낸다는 건 도대체 무슨 짓인가."

곧 도성에서 보낸 사신이 이능과 노박덕이 주둔한 곳으로 뛰어들었다.

"이능은 소(少)로써 중(衆)을 치겠노라고 내 앞에서 호언했으므로 그대는 이에 협력할 필요가 없소. 지금 흉노가 서하를 침입했다니, 그대는 빨리 이능을 남겨두고 서하로 달려가 적의 길을 차단하시오."

이것이 노박덕에게 내려진 칙서였다. 그리고 이능에게 내려진 칙서에는 다음과 같은 내용이 씌어 있었다.

"곧 사막의 북쪽으로 가서 동쪽의 준계산부터 남쪽의 용륵수(龍勒水)[22] 일대에 이르기까지 정찰 관망하고, 만약 이상이 없으면 착야후가 일찍이 원정할 당시 통과했다는 길

을 따라 수항성(受降城)[23]으로 가서 그곳에서 병사들을 쉬
게 하라."

노박덕과 상의했다는 그 상소는 도대체 뭔가 하는 투의
몹시 호된 힐문이었다. 적은 수로 적지를 배회한다고 할 때
그 위험은 별도로 하더라도, 지정된 수천 리의 먼 길은 기
마가 없는 군대로서는 몹시 어려운 일이었다. 도보로 행군
하는 속도와, 사람이 수레를 끌어야 하는 일과, 겨울로 접
어드는 호지(胡地)[24]의 기후 등을 생각하면, 이것은 누구라
도 분명히 알 수 있는 것이었다.

무제는 결코 용주(庸主)[25]가 아니었다. 그러나 마찬가지
로 용주가 아니었던 수(隋)의 양제(煬帝)[26]나 진(秦)의 시황
제(始皇帝) 등과 공통되는 장점과 단점을 갖고 있었다. 비
할 데 없이 총애하던 이부인(李夫人)의 오라비인 이사장군
이 병력이 부족하다는 이유로 대완(大宛)에서 되돌아오려
고 했을 때, 크게 노여워해 돈황의 서쪽에 있는 옥문관(玉
門關)[27]을 닫아 버리고 말았다.

대완국의 정벌도 고작 좋은 말을 탐해 생각해낸 것이었
다. 무제는 한번 말을 꺼냈으면 어떤 억지를 부려서라도 이
루지 않으면 안 되었다. 하물며 이능의 경우는 스스로 청한

역할이었다. 단지 계절과 상당한 거리에 무리가 있을 뿐, 주저해야 할 이유는 아무것도 없었다. 이능은 이리해 '기마 없는 북정(北征)'을 떠난 것이었다.

준계산 속에서 10여 일을 머물렀다. 그동안 날마다 척후병을 멀리까지 보내 적을 정찰하는 것은 물론 부근의 산천 지형을 빠짐없이 도면으로 그려 도성에 보고해야만 했다. 보고서는 휘하의 진보락(陳步樂)이 가지고 홀로 도성으로 달려갔다. 그는 이능에게 예를 표하고 10마리도 되지 않는 말 가운데 하나에 올라타고는 채찍으로 힘껏 내리친 다음 언덕을 쏜살같이 내려갔다. 회색빛으로 마른 막막한 풍경 속으로 점점 작아져 가는 그 모습을 일군의 장수 이능은 쓸쓸한 심정으로 내려다보았다.

10여 일 동안 준계산의 동서로(東西路) 30리 안에서는 단한 명의 흉노도 발견되지 않았다.

그들에 앞서, 지난 여름에 천산으로 출격했던 이사장군은 일단 우현황을 치고서도, 돌아오는 길에 다른 흉노의 대군에 포위되어 참패했다. 한나라의 군사는 열에 육칠은 쓰러지고 장군의 몸마저도 위태로웠다고 한다. 그 소문은 그들의 귀에도 들어왔다. 이광리를 무너뜨린 적의 주력이 지금 어디에 있다는 것인가? 지금 인우장군(因杅將軍) 공손오(公孫敖)[28]가 서하와 삭방의 근처에서 통로를 가로막고 있다는 ─이능과 헤어진 노박덕은 응원을 간 것인데─ 적군은 시간과 거리를 헤아려 보건대 아무래도 문제의 주력군은 아닌 듯했다. 천산에서 그렇게 빨리 동방 4천 리의 하남(河南)[29] 땅까지 갈 수 없기 때문이었다. 아무래도 흉노의 주력군은 현재 이능의 군이 머무는 곳에서 북방의 질거수(郅居水) 사이 어딘가에 주둔하고 있다고 추정되었다.

이능이 매일 산 정상에 서서 사방을 바라보건대, 동쪽에서 남쪽으로는 그저 막막한 사막의 평지가 보이고, 서쪽에서 북쪽에 이르는 곳에서는 수목이 드문 구릉성의 산들이 이어졌을 뿐이다. 가끔 가을 하늘의 구름 사이로 매와 새들의 그림자는 보여도 땅 위에서는 흉노의 말 한 기도 보이지 않았다.

나무들이 드문드문 있는 산속 골짜기에다 병거를 빙 둘러 세우고, 한가운데에 지휘소 격인 유막(帷幕)을 친 진영이었다. 밤이 되면 기온이 급강하해 병졸들은 그렇잖아도 별로 없는 주위의 나무를 베어와 불을 피워 몸을 녹였다.

열흘이나 머무는 동안 달은 없어졌다. 공기가 건조한 탓인지 별이 총총히 빛났다. 매일 밤 거무칙칙한 산 그림자와 천랑성이 아슬아슬하게 비껴 푸르스름한 빛을 사선으로 그으며 반짝였다.

10여 일을 무사히 지내고, 내일이면 드디어 이곳을 떠나 예정된 진로대로 동남쪽으로 향하기로 정한 날 밤의 일이었다. 보초 하나가 무심히 반짝이는 낭성을 바라보고 있는데, 갑자기 그 별의 바로 밑에서 매우 커다란 황적색 별이 나타났다. 순식간에 낯선 별이 붉고 굵은 꼬리를 끌며 움직였다. 그리고 이어서 둘 셋 넷 다섯, 유사한 빛이 주위에 나타나 움직였다. 보초가 놀라서 엉겁결에 소리를 지르려고 하자, 멀리서 빛나던 불빛들은 동시에 훅 하고 꺼졌다. 금방 본 것이 마치 꿈만 같았다.

보초의 보고를 들은 이능은 전군에게 명해 내일 아침 날이 새자마자 전투에 들어갈 채비를 하게 했다. 이능은 유막 밖으로 나와 일단 각 부서의 준비 태세 점검을 모두 마친 뒤, 자신의 막사로 되돌아와 우뢰와 같이 코를 골면서 숙면했다.

이튿날 아침 이능이 잠에서 깨어 밖으로 나가 보았더니 과연 어젯밤에 명한 대로 병사들은 전투 대형을 치고 조용히 적을 기다리고 있었다. 모두 병거를 둘러친 밖으로 나가 창과 방패를 가진 이들은 앞줄에, 활과 쇠뇌를 가진 이들은 그 뒷줄에 배치했다. 골짜기를 끼고 있는 두 개의 산은 아직 새벽녘 어둠 속에서 매우 고요했지만, 여기저기 바위 틈 사이에 무언가 숨어 있는 듯한 낌새가 어딘지 모르게 느껴졌다.

아침 햇살이 골짜기로 비껴 들어오자마자—흉노는 그들의 군장인 선우(單于)가 아침 해에 예를 올리지 않으면 일을 시작하지 않는 것인지— 지금까지 아무것도 보이지 않던 양쪽 산 정상의 비탈에서 무수한 그림자가 나타났다. 천지를 뒤흔드는 듯한 함성과 함께 흉노병은 산 아래로 쇄도했다. 그들의 선두가 20보 정도 앞으로 다가왔을 때, 그때까지 숨을 죽이던 한군(漢軍)의 진영에서 비로소 북소리가 울렸다. 빗발치는 화살에 맞아 수백 명의 흉노들이 한꺼번에 쓰러졌다. 곧이어 지체 없이 불안에 떠는 나머지 흉노들을 향해 손에 창을 쥔 병사들이 달려들었다. 흉노군은 완전히 궤멸해 산 위로 도망쳐 올라갔다. 한군은 이를 추격해 적의 목을 수천이나 베어 들어올렸다.

멋진 승리였다. 그러나 집념이 강한 적이 절대로 그대로 물러설 리 없었다. 오늘의 적군은 족히 3만은 되어 보였다. 게다가 산상에 나부끼던 깃발로 보아 틀림없이 선우의 친위군이었다. 선우가 있다면 8만이나 10만 정도의 후원군은 당연히 투입되었다고 봐야 한다. 이능은 즉각 여기서 철수해, 동남쪽으로 2천 리나 떨어져 있는 수항성으로 가기로 했던 전날까지의 예정을 바꾸어, 보름 전에 지나온 그 길을 남쪽으로 두고, 하루라도 빨리 거연새(居延塞)─그것도 천수백 리나 떨어져 있었다─로 들어가기로 했다.

남쪽으로 행군한 지 사흘째 되는 날 오후, 한군의 후방 아득히 먼 북쪽의 지평선에 구름 같은 흙먼지가 이는 것이 보였다. 흉노 기병의 추격이었다. 이튿날에는 이미 8만의 흉노병이 기마의 기동성을 이용해 한군의 전후좌우를 빈틈없이 에워쌌다. 단지 전날 실패한 것에 질렸는지 가까이 다가오지는 않았다. 남쪽으로 행군하는 한군을 밀찍이 에워싸고, 말 위에서 활을 쏘아댈 뿐이었다.

이능이 전군을 멈추고 전투 태세를 갖추게 하자, 적군은 말을 달려 멀리 도망가 격투전을 피했다. 그리고 다시 행군을 시작하면 또 다시 가까이 다가와서 활을 쏘았다. 행군의 속도가 느려지는 것은 말할 것도 없고, 사상자도 날마다 늘

어갔다. 굶주리고 지친 나그네를 뒤쫓는 승냥이처럼 흉노 병은 계속 집요하게 추격해 왔다. 조금씩 상처를 입히다가 언제고 최후의 일격을 가하겠다는 속셈으로 기회를 엿보는 것이었다.

싸우고 후퇴하면서 또 며칠 동안 계속 남행했다. 그러다가 한군은 어느 산골짜기에서 하루 휴식을 취하기로 했다. 부상자도 이미 상당수에 이르렀다. 이능은 전군을 점호하고 피해 상황을 조사한 후, 다친 곳이 한 군데 정도로 가벼운 부상자에게는 평상시 대로 병기를 잡고 싸우게 하고, 두 군데의 상처를 입은 사람에게는 병거 미는 것을 돕게 하고, 세 군데 이상 상처를 입은 사람들이라야 비로소 수레에 태워 나르기로 정했다. 수송력이 부족해 시신은 모두 광야에 버릴 수밖에 없었다.

그날 밤, 진을 시찰하던 이능은 우연히 어느 군수물자 수레 속에서 남장을 한 여자를 발견했다. 그리하여 전군의 차량을 조사했더니 이처럼 남장을 하고 숨어든 여자가 10여 명이나 되었다. 과거 관동의 도적 떼가 한꺼번에 죽었을 때, 그 처자들은 쫓기어 서쪽 변방으로 옮겨 가 살았다. 과부들 중에는 의식이 궁핍해 변경 수비병의 아내가 되거나,

그들을 상대하는 창부가 된 이들이 많았다. 병거에 숨어 멀고 먼 북방까지 쫓아온 것은 그러한 이들이었다.

이능은 막료들에게 명해 여인들의 목을 베게 했다. 여인들을 데려온 병졸들에 대해서는 일절 언급하지 않았다. 골짜기의 웅덩이로 끌려 나온 여인들의 찢어지는 울음소리가 잠시 들렸다가, 마치 밤의 침묵에 삼켜지듯 사라져 가는 것을 군막 안의 병사들은 숙연히 듣고 있었다.

다음 날 아침 오랜만에 육박으로 습격해 온 적군을 상대로 한나라의 전군은 마음껏 싸웠다. 적군이 버리고 간 시체만도 3천여 구나 되었다. 연일 집요한 게릴라 전술에 지쳐뚝 떨어졌던 한군의 사기가 갑자기 폭발하는 듯했다. 이튿날부터 다시 용성 길을 따라 남쪽으로 행군을 시작했다. 흉노 또한 다시 원래의 원거리 포위 전술로 돌아갔다. 닷새째되는 날 한군은 모랫벌에 간혹 있는 어느 습지를 통과하게되었다.

물은 반쯤 얼었고, 갈대밭은 진흙이 정강이까지 차는 정도의 깊이로 가도 가도 끝없이 이어졌다. 그때 흉노의 일개부대가 바람 부는 방향으로 돌아가 갈대밭에 불을 질렀다. 삭풍은 불길을 휘몰아치고, 한낮의 하늘 아래 하얗게 빛을 잃은 불길은 무서운 속도로 한군을 몰아붙였다. 이능은 곧 부근의 갈대에 맞불을 놓아 겨우 화를 피했다. 다행히 불은 피했지만, 습지에서 수레를 운반하는 어려움은 이루 말할 수 없었다. 쉬지도 못하고 하룻밤을 전장 속에서 보낸 후, 다음 날 아침 겨우 구릉지에 이르자마자 먼저 와서 잠복해 있던 주력군의 습격을 받았다. 사람과 말이 뒤범벅되어 싸우는 육박전이었다.

기마대의 격렬한 돌격을 피하기 위해 이능은 수레를 버리고 산기슭의 성긴 나무 숲속으로 들어갔다. 숲속에서 활을 쏘는 작전은 대단한 효과를 거두었다. 여기저기 진열의 선두에 모습을 나타낸 선우와 친위대를 향해 한꺼번에 화살을 쏘아댔다. 그러자 선우의 백마는 앞다리를 높이 들어 곧추세웠고, 청포를 몸에 두른 흉노왕은 그냥 땅바닥으로 굴러 떨어졌다. 두 기의 친위대가 말에 탄 채 좌우에서 살짝 선우를 끌어올리자, 전군이 이를 가운데로 에워싸고 재빨리 도망쳤다. 몇 시간에 걸친 전투 끝에 겨우 적군을 격퇴했다. 그러나 이제까지 없던 난전이었다. 남은 적군의 시체는 수천을 헤아렸지만, 한군 역시 천에 가까운 전사자를 냈다.

이날 잡은 흉노의 포로에게서 적군의 사정을 어느 정도 알 수 있었다. 포로에 의하면 선우는 한군의 강력함에 경탄했다고 한다. 자신들의 스무 배나 되는 대군에도 두려워하지 않고 계속 남쪽으로 행군하는 것은, 혹 어딘가에 복병이 있어서 그것을 믿고 그러는 것이 아닌가 의심했다는 것이다. 전날 밤에 선우가 그러한 의심을 간부들에게 털어놓고 일을 의논했더니, 그럴 수도 있으나 어쨌든 선우 스스로 수만 기의 군대를 이끌고 열세한 한군을 멸하지 못했다는 것은 자신들의 체면에 관계된 것이라는 주전론이 우세했다는 것이다. 그리하여 앞으로 남쪽으로 5백 리 정도 계속되는 산골짜기에서 역전 맹공격을 하고, 평지로 나와서 한 번 전투를 해본 다음 더 이상 이길 승산이 없으면 그때 북으로 돌아가기로 했다는 것이다. 이것을 들은 교위(校尉) 한연년(韓延年)[30]을 비롯한 한군 막료들의 머리에는 어쩌면 살아남을지도 모른다는 희망이 희미하게나마 솟았다.

이튿날부터 흉노군의 공격은 매우 극렬했다. 포로한테서 들은 말대로 최후의 맹공이었다. 습격은 하루에도 몇 차례나 계속되었다. 혹독한 반격을 가하면서 한군은 서서히 남쪽으로 옮겨 갔다.

사흘쯤 지나자 평지가 나왔다. 평지전이 되면 더욱 위력을 발휘할 기마대에 의지하는 흉노군은 한군을 크게 압도하는 듯했지만, 이번에도 흉노는 2천의 시체를 남기고 물러갔다. 포로의 말이 거짓이 아니라면 이것으로 흉노군은 추격을 포기할 것이다. 고작 일개 병졸에 지나지 않는 자의 말이므로 그다지 신뢰할 수는 없었으나, 그래도 막료들이 다소 안심한 것은 부정할 수 없었다.

그날 밤 한군의 척후병인 관감(菅敢)이 진을 이탈해 흉노군으로 도망쳤다. 일찍이 장안에서 이름난 악동이었던 그자는, 전날 밤 척후상의 실수로 많은 사람들 앞에서 교위 성안후 한연년에게 면박을 당하고 벌로 채찍을 맞았다. 그것을 마음속에 품고 있다가 이렇게 행동으로 나타낸 것이다. 또한 일전에 산골짜기에서 참수를 당한 여자들 가운데 하나가 그자의 처였다고도 했다. 관감은 흉노의 포로가 자백한 내용을 알고 있었다. 그러므로 흉노군의 진영으로 도망가, 선우에게 흉노군은 복병을 두려워해 물러설 필요가 없다고 역설했다.

"한군에게는 원군이 없소이다. 화살도 거의 다 떨어져 가고 있소. 부상자도 속출해 행군하는 데에도 극심한 난항을 겪고 있소. 한군의 중심을 이루는 것은 이 장군과 성안후 한연년이 이끄는 각 8백 명으로, 이들은 각기 황색과 백색 깃발로 표시하고 있소. 그러므로 내일 아침 흉노의 정예 기병만을 골라 이를 집중 공격해 무너뜨리면 나머지는 쉽게 물리칠 수 있다고 보오."

이 말을 들은 선우는 크게 기뻐해 관감을 융숭히 대접하고 곧 북쪽으로 철수하려던 계획을 취소했다.

"이능과 한연년은 어서 항복하라."

큰 소리로 호령하는 흉노군의 최정예 부대는 황백의 기치를 겨냥해 달려들었다. 한군은 그 기세에 눌려 점차 평지에서 서쪽의 산지로 밀려갔다. 결국에는 본래의 길에서 한참 떨어진 산골짜기까지 몰렸다. 그러자 사방의 산 위에서 화살이 비오듯이 쏟아졌다. 이에 응사하려고 해도 이제는 화살이 없었다. 차로장을 나설 때 각각 1백 자루씩 가지고 나온 5만 자루의 화살을 모두 써 버린 것이다. 화살만이 아니었다. 전군의 창검과 방패와 창 따위도 거의 절반이 부러지거나 파손되었다. 문자 그대로 참패였다. 그래도 창을 잃은 사람은 수레바퀴에서 빼낸 살로, 군리들은 가위 등으로 항전했다.

골짜기는 안으로 들어갈수록 점점 좁아졌다. 흉노의 병졸들은 벼랑 여기저기에서 큰 돌을 던지기 시작했다. 화살보다 이것이 한군의 사상자를 많이 내게 했다. 시체와 쌓인 돌더미들로 인해 한군은 이제 전진할 수도 없게 되었다.

그날 밤 이능은 소매가 짧은 평상복을 입고 아무도 따라오지 못하게 한 뒤 홀로 진영 밖으로 나갔다. 달이 골짜기 안을 엿보듯이 산더미처럼 쌓인 시체들을 비추고 있었다. 준계산에서 진영을 철수할 때에는 칠흑같이 어두운 밤이었으나, 그날은 유난히도 달이 밝았다. 땅에 내린 서리로 골짜기에서 산등성이로 향한 비탈은 마치 물에 젖은 듯이 보였다. 장막에 남은 장졸들은 이능의 복장으로 보아 그가 홀로 적진을 찾아가 선우를 찌르려는 것으로 생각했다.

이능은 좀처럼 돌아오지 않았다. 그들은 숨을 죽이고 잠시 밖을 살폈다. 멀리 산상의 적진에서 호족(胡族)들이 갈대잎으로 만들어 즐기던 호가(胡茄)[31] 소리가 들렸다. 그로부터 꽤 시간이 흐른 뒤 소리 없이 장막을 들추며 이능이 막사 안으로 돌아왔다.

"안 되겠다."

내뱉듯이 한마디하고는 의자에 앉았다. 그리고 한참 있

다가 누구에게라고도 할 것 없이 한마디 내뱉었다.

"전군이 옥쇄(玉碎)하는 길밖에 없다."

이 말을 들은 군리 하나가 말했다.

"지난해 착야후 조파노가 흉노군에 생포되었다가 몇 년이 지나 한으로 도망해 돌아왔을 때에도 천자는 이를 벌하지 않았다고 들었습니다. 이러한 예를 보아도, 적은 수의 군대로 지금까지 흉노를 두려움에 떨게 한 장군이고 보면 설령 도성으로 돌아간다고 해도, 천자는 이를 대우할 법을 알고 계실 겁니다."

이능은 이를 가로막으며 말했다.

"그 일은 잠시 접어 두시오. 어쨌든 지금 화살이 10여 자루라도 있다면 포위망을 뚫고 탈출할 수 있으련만, 화살이 한 자루도 없는 상태로는 내일 아침이면 전군이 포박 당하게 될 뿐이오. 단 오늘 밤 안으로 포위망 밖으로 나가 각자 짐승처럼 뿔뿔이 흩어져 달린다면 그 중에 몇 명은 요새에 닿아 천자에게 상황을 보고할 수 있을 것이오. 생각건대 지금 이곳은 제한산(鞮汗山) 북방의 산지로 거연까지는 앞으로도 며칠 동안의 행정(行程)이 될 것이니 성패는 점칠 수 없소. 그러나 지금으로서는 그 방법밖에 없는 것 같소."

이 말에 모든 막료들도 고개를 끄덕였다. 전군의 장졸들에게 각각 찐 쌀 두 되씩과 얼음 조각 하나씩이 분배되었고, 앞뒤 생각 없이 차로장을 향해 달려가야 한다는 목적도 설명되었다. 그리고 한군 진영의 군기를 내려 땅 속에 묻은 후, 무기 병거 등 적에게 이용될 만한 것들을 모두 부쉈다. 밤중에 북을 쳐서 병사들을 깨웠다. 그러나 북소리는 애처럽게도 울려퍼지지 않았다. 이능은 교위 한연년과 함께 말에 올라타 10여 명의 장졸을 데리고 선두에 섰다. 낮에 밀려들어 온 골짜기의 동쪽 입구를 뚫고 평지로 나와 거기서부터 남쪽을 향해 달리려는 심산이었다.

초저녁의 달빛은 어느덧 자취를 감추었다. 흉노군의 허를 찌르고 전군의 3분의 2정도는 예정대로 골짜기를 돌파했다. 그러나 곧 적군 기마병의 추격을 받았다. 대부분의 보병들은 적의 손에 쓰러지거나 사로잡힌 듯했으나, 혼전을 틈타 적군의 말을 빼앗은 십여 명은 호마를 타고 남쪽으로 달렸다. 적군의 추격을 따돌리고 밤길임에도 훤히 밝은 모래 벌판으로 도망쳐 빠져 나온 부하의 수를 세어 1백여 명이 넘는 것을 확인한 이능은 다시 골짜기 입구의 수라장(修羅場)으로 말머리를 돌렸다.

이능은 몸에 많은 상처를 입어 자신의 몸에서 나는 피와 남의 상처에서 나온 피로 융의가 푹 젖었다. 그와 나란히 있던 한연년은 이미 적의 공격으로 전사했다. 휘하와 전군을 잃고 천자를 알현할 면목이 없었다.

그는 창을 고쳐 잡고 다시 싸움터로 뛰어들어 갔다. 어두워서 아군 적군을 구별할 수 없을 만큼의 난리 속에서 이능의 말이 화살에 맞아 푹 앞으로 고꾸라졌다. 바로 그때 앞에 있는 적을 찌르려고 창을 치켜 올린 이능은 갑자기 묵중한 것으로 후두부를 맞고 실신했다. 말에서 떨어진 그를 생포하려고 흉노들이 열 겹, 스무 겹으로 달려들었다.

2

9월에 북으로 떠난 5천 명의 한군은 11월이 되어, 장군을 잃고 부상을 당한 지친 몸으로 4백 명도 안 되는 패잔병이 되어 변방에 도착했다. 패보는 곧 역전(驛傳)을 통해 장안의 도성에까지 전해졌다.

무제는 의외로 화를 내지 않았다. 본군인 이광리의 대군도 참패했는데, 일개 지대(支隊)인 이능의 군대에 큰 기대를 걸 수 없었기 때문이었다. 게다가 그는 이능이 틀림없이 전사했다고 믿었다. 단지, 앞서 이능의 사신으로 막북에서 '전선 이상 없음. 사기 매우 왕성'이라며 소식을 전해 준 진보락은—그는 길보(吉報)의 사자로서 총애를 받아 낭(郎)[32]의 자리에 임명되어 그대로 도성에 머물고 있었다— 전투의 엉뚱한 결과로 인해 자결해야만 했다. 불쌍하지만 어쩔 수 없는 일이었다.

이듬해인 천한 3년 봄에, 이능은 전사하지 않고 포로가 되었다는 소식이 전해졌다. 무제는 비로소 격노했다. 즉위한 지 40년. 황제는 이미 예순에 가까웠지만 기질은 장년 시절보다 더 과격했다. 신선의 이야기를 즐기며 무속 신앙을 갖고 있던 그는 자신이 절대적으로 존숭하는 주술인들에게 몇 번인가 속았다.

한나라의 위세가 절정에 달하고, 50여 년을 군림한 이 대황제는 중년 이후 영혼의 세계에 대한 불안한 관심이 끊이지 않았다. 그런 만큼 그 방면에 대한 실망은 커다란 타격이었다. 이러한 타격은 활달한 성격이었던 그의 마음에 해마다 군신에 대한 어두운 시의심(猜疑心)이 들게 만들었다. 경거장군(輕車將軍) 이채(李蔡)[33]와 무강후(武彊侯) 청적(靑翟)[34]과 고능후(高陵侯) 조주(趙周)[35] 등, 승상이 된 이들은 잇달아 죄를 뒤집어쓰고 죽었다. 현재의 승상인 공손하(公孫賀)[36]는 대명(大命)을 받았을 때, 자신의 운명을 두려워한 나머지 황제 앞에서 남의 이목도 생각지 않고 울었다고 한다. 경골한(硬骨漢) 급암(汲黯)[37]까지 물러난 후 황제를 둘러싸고 있는 것은 간사함과 아첨만을 일삼는 신하들과 무자비한 관리들뿐이었다.

무제는 중신들을 불러모아 놓고 이능을 어떻게 처리해야 할 것인지에 대해 논의했다. 이능의 몸은 현재 도성에 없으나, 결정에 의해 그의 처자 권속과 재산 등이 처분되는 것이었다. 가혹한 관리로 소문난 어느 정위(廷尉)[38]는 천자의 안색을 살피면서 천자의 뜻이라면 법을 어겨서라도 천자의 뜻대로 하는 데 탁월했다. 어떤 이가 법의 권위를 설명하고 이것을 따지자 이렇게 대답했다.

"전(前) 군주가 '옳다'고 하는 것 이것이 곧 '율(律)'이고, 나중 군주가 '옳다'고 하는 것 이것이 곧 '영(令)'이다. 그러니 지금은 군주의 뜻 외에 무슨 법이 있겠는가?"

그 자리에 있던 신하들은 모두 이 신하와 같은 부류였다. 승상 공손하, 두려움의 대상이었던 어사대부(御史大

夫)³⁹⁾ 두주(杜周)⁴⁰⁾, 태상(太常)⁴¹⁾ 조제(趙弟)⁴²⁾ 이하 어느 누구도 천자의 진노를 사면서까지 이능을 위해 변론하려는 사람이 없었다. 그들은 열을 올리며 이능의 매국적인 행위를 비난했다. 이능과 같은 변절자와 어깨를 나란히 하고 조정에 충성하고 있었던 것을 생각하면 새삼스레 부끄럽기까지 하다고 말하기도 했다. 또 평소 이능의 행동 하나하나가 의심스러웠다는 의견도 일치되었다.

이능의 숙부인 이감(李敢)⁴³⁾이 태자의 총애에 의지해 방자했던 것조차 이능을 모함하는 자료가 되기도 했다. 함구하고 의견을 내지 않는 것이 이능에 대한 최대의 호의였으나, 그러한 사람은 손가락으로 꼽을 정도였다. 단 한 사람, 괴로운 표정으로 이들을 지켜 보고 있는 사람이 있었다. 지금 서로 다투어 이능을 참소하는 사람들은 몇 달 전 이능이 도성을 떠날 때 잔을 들고 그의 출정을 성대히 환송했던 인물들이 아닌가.

막북에서 사자가 와서 이능의 군대가 건재함을 알렸을 때, 과연 명장 이광의 손자라며 이능의 고군분투를 칭송한 이들도 바로 지금의 이들이 아닌가. 부끄러운 줄도 모르고 지난 일을 잊은 체 할 수 있는 고관들이나, 그들의 아첨을 꿰뚫어 볼 만큼 총명치도 못하면서, 진실에 귀를 기울이는 것을 싫어하는 군주가 그에게는 이상하게 생각되었다. 아니, 이상할 것도 없었다. 인간이 그렇다고 하는 것은 이전부터 진저리가 날 정도로 들어 알고 있는 터였다. 그러나 아무리 그렇다고 해도 불쾌함은 어쩔 수 없었다. 하대부(下大夫)[44]의 한 사람으로서 조정의 신하였던 그도 또한 하문을 받았다. 그때 그는 단연하게 이능을 칭찬했다.

"평소의 능을 보건대, 부모께 효도하고, 벗과는 신의가 있으며, 국가가 위기에 처했을 때 자신을 돌보지 않고 항상 자진해 목숨을 내놓는 것은 실로 한 국가의 신하로서 도리를 다하고 있다고 할 수 있사옵니다. 불행히도 이번에는 패전했사옵니다. 그러나 오직 최선을 다해 자신과 처자를 편케 하는 것만을 염원하는 폐하 측근의 간신들이 이능의 실수 하나를 들어 이를 과장하고 왜곡해 폐하의 총명함을 가리려 하고 있사옵니다. 이는 심히 유감스러운 일이 아닐 수 없사옵니다. 생각건대 이번에 이능은 5천도 채 되지 않는 보병을 이끌고 적지 깊숙한 곳까지 들어가 수만의 흉노군을 바쁘게 뛰어다녀 지치게 만들고, 전전천리(轉戰千里)에서 무기가 떨어지고 길이 막혔어도 빈 활로 적을 위협하며 죽음을 무릅쓰고 싸웠다 하옵니다. 부하에게 신뢰 받아 이에 사력을 다해 싸울 수 있었다는 것은, 예부터 명장이라고 일컬어지던 이들도 이에는 미치지 못했을 것이옵니다. 패전했다고는 하지만 선전의 경우에는 정당히 천하에 표창해야 마땅한 줄 아옵니다. 생각건대 그가 죽지 않고 포로로 잡혔다는 것도 은밀히 저곳에서 고국에 보답하고자 하는 뜻이 있어서가 아니겠사옵니까."

한자리에 나란히 앉아 있던 군신들은 놀랐다. 이런 말을 할 수 있는 사람이 이 세상에 있으리라고는 생각지도 못했기 때문이었다. 그들은 관자놀이에 경련을 일으키며 듣고 있는 무제의 얼굴을 조심스레 살폈다. 그리고 자신들을 '전구보처자의 신하(全軀保妻子臣)[45]'라고 칭한 그를 기다리고 있는 것이 무엇일까 생각하며 빙긋이 웃었다.

무모한 그 남자, 즉 태사령(太史令) 사마천(司馬遷)[46]이 천자 앞을 물러나자 곧 '전구보처자의 신하'의 한 사람이 사마천과 이능과의 친분에 대해 무제에게 전했다. 태사령 사마천이 이능을 칭찬한 것은 이사장군과의 불화 때문이다. 그러므로 이번 태사령의 속마음은 이능에 앞서 출사하고도 공이 없던 이사장군을 모함하려는 것이라는 말도 나왔다. 어쨌든 고작해야 천문과 역법을 연구하며 국가의 흥 망성쇠를 점치고 기원하는 일을 관장하는 하찮은 태사령 의 신분으로 너무나도 태도가 불손하다는 것이 모두의 일 치된 의견이었다. 신기한 일은 이능의 가족들보다도 사마 천이 먼저 판결을 받게 되었다는 것이다. 다음 날 그는 정 위(廷尉)로 좌천되었고, 형은 궁형(宮刑)으로 결정되었다.

예로부터 중국에서 행해져 오던 육형(肉刑)으로는 얼굴 에 죄명을 새겨 넣는 경(黥), 코를 자르는 의(劓), 발꿈치를 베는 비(剕), 생식기를 자르는 궁(宮)의 네 종류가 있었다. 무제의 조부인 문제(文帝) 때에 넷 중에 셋은 폐지되었으 나, 궁형만은 그대로 남았다. 궁형이란 물론 남자를 남자 가 아니 되게 하는 기괴한 형벌이다. 이를 달리 부형(腐刑) 이라고도 하는 것은 상처가 썩은 냄새를 내뿜기 때문이라 고도 하고, 또 한편으로는 썩은 나무가 열매를 맺지 못하는 것과도 같은 남자로 전락하기 때문이라고도 했다.

이 형을 받은 사람은 엄인(閹人)[47]이라 불렸으며, 궁중에 서 후궁을 돌보는 환관(宦官)[48]의 대부분이 이들이었다. 이 처럼 후대의 우리가 《사기(史記)》[49]의 작자로 알고 있는 사 마천은 위대한 인물이지만, 당시의 사마천은 미미한 문필 관리에 지나지 않았다. 두뇌가 명석한 것은 확실한데, 두뇌에 너무 자신한 나머지 사람들과 사귀는 데 서툰 남자, 논쟁에서 결코 타인에게 지지 않는 남자, 고작해야 고집 세고 오만하고 괴팍한 남자로밖에 알려지지 않았다. 그가 부형을 당했다고 해서 크게 놀랄 사람도 없었다.

사마씨(司馬氏)는 원래 주(周)나라의 사관(史官)이었다. 후에는 진(晋)나라로 들어갔다가, 진(秦)나라에 충성하고, 한대(漢代)에는 4대째인 사마담(司馬談)이 무제에게 충성하고 건원[50] 연간에 태사령을 맡았다. 담이 곧 천의 아버지이다. 사마담은 전문인 율(律) · 역(曆) · 역(易) 외에도 도가(道家)의 가르침에 정통하고, 또 널리 유(儒) · 묵(墨) · 법(法) · 명(名)[51] 등 제가(諸家)의 설에도 통달했는데, 그것들 모두에 일가견을 가지고, 또한 그 하나하나를 자신의 것으로 삼았다. 자신의 두뇌와 정신력에 대한 자긍심은 그대로 아들인 천에게도 전해진 것이었다. 그가 아들에게 베푼 최대의 교육은, 모든 학문에 대한 전수를 다 끝낸 후 천하를 두루 돌아다니게 한 것이었다. 당시로서는 매우 색다른 교육 방법이었는데, 이것이 훗날 역사가 사마천에게 매우 큰 도움이 된 것은 두말할 것도 없다.

원봉(元封) 원년(元年)[52]에, 무제는 동쪽의 태산에 올라 하늘에 제사를 드렸다. 때마침 주남에서 병상에 있던 열혈한 사마담은, 천자를 비롯해 조정의 신하들이 국가의 안녕을 기원하여 하늘에 제를 올리는 경사스러운 때에 혼자만 따라갈 수 없음을 탄식하며 분을 삭이지 못하고 그만 죽어 버렸다. 고금을 통괄한 통사를 편찬하는 것이 사마담의 일생의 염원이었건만, 자료 수집만으로 끝나 버린 것이다.

사마담의 임종 광경은 아들 천에 의해 《사기》의 마지막에 기록되었다. 《사기》에 따르면 사마담은 자신이 다시 일어날 수 없음을 알았는지, 아들 천을 불러 손을 잡고 간곡히 역사 편찬에 대한 필요성을 설명했다. 그리고 자신이 태사 자리에 있으면서 이 일을 착수하지 못하고 현군충신의 사적을 헛되이 지하에 묻게 된 것을 개탄하며 울었다.

"네가 죽거든 너는 반드시 대사가 되어라. 그리고 태사가 되거든 내가 저술하려던 것들을 잊지 말아라."

이것이야말로 자신에 대한 최고의 효도임을 기억하라고 거듭 당부할 때 천은 고개 숙여 눈물을 흘리며 명을 어기지 않을 것을 약속했다.

아버지가 죽은 지 2년이 지나서야 드디어 사마천은 태사령 직을 잇게 되었다. 아버지가 모은 자료와 궁중 소장의 비책을 이용해 곧 부자상전(父子相傳)의 천직에 열중하고 싶었으나, 임관 후 그가 제일 먼저 맡게 된 일은 역법의 개정이라는 대사업이었다. 이 일에 몰두하기 시작한 지 꼬박 4년이 지난 태초(太初) 원년[53]에 겨우 일을 마치고, 곧 그는 《사기》편찬에 착수했다. 사마천의 나이 마흔 둘이었다. 구상은 오래 전에 끝났다. 그 구상에 의한 사서(史書)의 형식은 기존에 나온 사서 어느 것과도 달랐다. 그는 도의적 비판의 기준을 나타내는 것으로서는 《춘추(春秋)》[54]를 추천했지만, 사실을 전하는 사서로는 지금까지의 여러 사서 중에서 어느 것도 마음에 차지 않았다. 더욱 솔직한 사실을 쓰고 싶었다. 교훈보다 사실을.

《좌전(左傳)》[55]이나 《국어(國語)》[56]에는 과연 사실이 있다. 《좌전》의 서사 기교는 감탄을 금할 길이 없다. 그러나 거기에는 사실을 만들고 있는 인물에 대한 탐구가 없다. 사건 속에 묘사된 그들의 모습은 선명하지만, 그러한 일을 저지르기까지의 그들 한 사람 한 사람에 대한 신원 파악 등이 결여된 것이, 사마천에게는 납득되지 않았다. 게다가 기존의 사서는 모두 당대 사람들에게 과거를 알리려는 것이 주안이어서, 미래의 사람들에게 당대를 알리려는 의도는 전혀 없어 보였다. 요컨대 사마천이 원하는 것은 재래의 사서에서는 얻을 수 없었다.

어떠한 점에서 재래의 사서가 마음에 차지 않는가는 사마천 자신도 원하는 바대로 책을 써 보아야 비로소 판별할 수 있다고 생각되었다. 그의 마음속에 있는 떨떠름함과 울적함을 써내고 싶은 충동이 재래의 사서에 대한 비판보다 앞섰다. 아니, 그의 비판은 자신이 새로운 것을 창조하는 형태로밖에 나타낼 수 없는 것이었다.

사마천이 오랫동안 머릿속에서 그려 오던 구상이 역사라고 말할 수 있는 것인지 그도 자신은 없었다. 그러나 그것을 역사라고 말할 수 있든 없든, 그러한 것이 먼저 씌어지지 않으면 안 된다는—세인과 후대에게 그리고 누구보다도 자기 자신에게— 점에서는 자신 있었다. 그도 공자같이 선인들의 설(說)을 따라 논술하기는 하나 자신이 새로운 설을 만들지 않겠다는 방침을 세워두었다. 그러나 공자의 그것과는 다분히 내용을 달리하는 술이부작(述而不作)[57]이었다.

사마천에게 단순한 편년체의 사건 배열은 아직 '술(述)'

속에 들어가지 않는 것이었고, 또 후세 사람이 사실 그 자체를 아는 것을 방해하는 듯한, 너무나 도의적인 단안은 오히려 '작(作)'의 부류에 들어간다고 생각했다. 한나라가 천하를 평정하고 나서 이미 5대[58]째. 그동안 1백 년의 세월이 흘렀다. 시황제의 반문화 정책에 의해 인멸 혹은 은닉된 책자가 겨우 세상에 알려지기 시작하고, 문(文)이 부흥하려는 기운이 왕성하게 느껴졌다. 한나라 조정뿐만 아니라 시대가 사서가 나타나기를 바라고 있는 때였다.

사마천 개인으로서는 아버지가 죽기 전에 남긴 부탁에 의한 감격이 충실한 학식과 관찰력과 문장력 등을 수반해, 이제 겨우 혼연(渾然)한 것을 생산해 낼 수 있도록 발효되기 시작했다.

그의 작업은 실로 기분 좋게 진행되었다. 오히려 너무 호조여서 곤란할 정도였다. 처음의 〈오제본기(五帝本記)〉[59]에서 〈하은주진본기(夏殷周秦本記)〉[60]까지는 자신도 자료를 안배해 기술의 정확성과 엄밀함을 확신하는 한 사람의 기술자에 지나지 않았다. 그러나 시황제를 거쳐 〈항우본기(項羽本記)〉[61]로 접어들 무렵부터 기술자의 냉정함이 이상해졌다. 경우에 따라서는 항우가 자신으로 혹은 자신이 항우로 변하기도 하는 것이었다.

"항왕(項王)은 밤에 잠에서 깨어나 장막 안에서 술을 마시고 있었다. 그 자리에는 미인이 있었다. 이름은 우(虞)였다. 늘 항왕의 총애를 받으며 곁에 있었다. 또 명마가 있었다. 이름은 추(騅)라고 한다. 항왕은 늘 이것을 탔다. 항왕은 비분강개해 시를 지었다. 시는 다음과 같다. '내 팔의 힘은 산도 뽑고, 내 기력은 천하를 뒤엎을 수도 있다. 그러나 이제 시대의 운은 내게 불리해 싸움에서 졌다. 추도 이제는 빨리 달리려고 하지 않는다. 아아! 추가 빨리 달리지 않는 것은 어쩔 수 없는 일이다. 그러나 그보다도 우희여! 우희여! 그대는 어찌하면 좋겠는가.' 몇 번이고 되풀이해 읊었다. 우도 소리를 맞추어 읊었다. 항왕은 눈물을 뚝뚝 떨어뜨렸다. 좌우에서 시중 드는 사람들도 모두 울며 어느 누구도 주군을 올려다보는 이가 없었다."[62]

이대로 좋은 것인가? 사마천은 자문했다. 이렇게 열띤 필치가 과연 괜찮은 것인가? 그는 '만드는 것'을 극도로 경계했다. 자신이 할 일은 '논술하는 것' 외에 아무것도 없었다. 사실 그는 논술했을 뿐이다. 그러나 이 얼마나 생기 발랄한 논술 방법인가? 비상한 상상력을 가진 사람이 아니면 도저히 불가능한 기술이었다. 그는 때때로 '만드는 것'을 너무 두려워한 나머지 이미 쓴 부분을 다시 읽어보고, 그것이 있으므로 해서 역사상의 인물이 살아서 움직인다고 생각되는 자구(字句)는 지웠다. 그러면 인물은 분명히 생생했던 호흡을 멈춘다. 이로써 '만드는 것'에 대한 우려는 없어지는 것이다. 그러나—사마천이 생각하기에—이러면 항우가 항우가 아니지 않은가. 항우도 시황제도 초나라 장왕(莊王)[63]도 모두 같은 인물이 되어 버린다.

다른 인간을 같은 인간으로 기술하는 것을 '논술한다'고 할 수 있는가? '논술한다'란 다른 인간은 다른 인간으로 기술하는 것을 말하지 않는가? 그렇게 생각되면 그는 역시 지워 버린 자구를 다시 살려 두지 않을 수 없게 된다. 원래대로 고쳐 다시 한번 읽어 본다. 그제야 그는 마음이 가라앉는다. 아니, 그뿐이 아니다. 거기에 기록된 역사상의 인물들, 항우나 번쾌(樊噲)[64] 그리고 범증(范增)[65] 등이 모두 이제는 제대로 각각의 자리에 안주한 것으로 생각되었다.

기분이 좋을 때의 무제는 실로 활달하고 영매한, 이해심 많은 문교(文敎)의 보호자였다. 태사령이라는 직업은 눈에 띄지는 않지만 특수한 기능이 필요하므로 관계(官界)에서 꼭 따라붙는 붕당비주(朋黨比周)[66]의 모함이나 참소에 의해 지위 혹은 생명에 대한 위협에서도 벗어날 수 있었다.

몇 년 동안 사마천은 충실하고도 행복한 날들을 보냈다. 당시 사람들이 생각하는 행복이란 현대인의 그것과는 아주 다른 내용이었는데, 행복을 추구하는 것에는 변함이 없다. 잘 타협하는 성격은 아니었으나 밝은 성격으로 논쟁도 좋아하고 화도 잘 내고 웃기도 잘하는, 그러면서도 논적(論敵)을 철저히 설파하는 것을 장기로 하고 있었다.

그런데 그러한 세월을 보내던 중 갑자기 이러한 화가 그에게 미쳤던 것이다.

부형 시술 후 당분간 바람을 피해야 하므로 불을 피워 따뜻하게 덥힌 밀폐된 잠실(蠶室)을 만들어, 며칠 그곳에서 시술 받은 수형자들을 요양케 했다. 따뜻하고 어두운 것이 누에를 치는 방과 같다 하여 그것을 잠실이라 불렀던 것이다. 어슴푸레한 잠실 안에서 사마천은 너무 머리가 혼란한 나머지 말을 잊은 채 멍하니 벽에 기대 앉았다. 격분보다는 놀라움을 금치 못했다. 그는 참수나 자결에 대해서는 평소부터 각오하고 있던 터였다.

사형을 당하는 자신의 모습은 상상해 봤다. 또한 무제를 거역하고 이능을 칭찬할 때에도 자칫하면 자결해야 할지도 모른다는 생각도 했다. 그런데 여러 형벌 가운데 하필이면 가장 추악한 궁형을 당하게 될 줄이야! 사형을 예견할 정도라면 다른 형벌 또한 예견했어야 했는데 정말이지 명청하다. 그는 자신의 운명 중에 예측할 수 없는 죽음이 자신을 기다리고 있을지도 모른다는 생각은 했으나, 이런 추한 현실이 자신 앞에 나타나리라고는 전혀 상상도 못했던 것이다.

그는 늘 인간에게는 각각 어울리는 사건밖에 일어나지 않는다는 일종의 확신 같은 것을 갖고 있었다. 이것은 오랫동안 사실(史實)을 취급하면서 자연히 길러진 생각이었다. 같은 역경이라 해도 비분강개하는 사대부에게는 격렬하면서도 가혹한 고통이, 연약한 무리에게는 완만하면서도 질척하고 추한 고통이 될 거라고 말이다. 설령 그것이 처음에는 언뜻 어울리지 않는 듯해도, 적어도 그 후의 대처 방법에 의해 운명이 그 인간에게 어울리게 된다고 말이다.

사마천은 자신을 남자라고 믿고 있었다. 비단 자신뿐만이 아니었다. 아무리 그에게 호의를 갖지 않는 사람이라 하더라도 그것은 인정하는 듯했다. 그러므로 사마천은 자신의 지론에 의해 거열형(車裂刑)[67] 정도는 상상해 볼 수 있었다. 그런데 이제 나이 오십이 다 된 몸으로 이런 치욕을 당할 줄이야!

그는 지금 자신이 잠실 안에 있다는 사실이 꿈만 같았다. 아니, 꿈이라고 생각하고 싶었다. 그러나 벽에 기대어 감은 눈을 뜨면 어두컴컴한 방 안에 생기라곤 찾아볼 수 없는, 넋이 나간 듯한 얼굴을 한 남자 서넛이 꼴사납게 누워 있거나 앉아 있는 것이 눈에 들어왔다. 저 모습이 지금의 자신이라고 생각했을 때, 오열이라고도 노호(怒號)라고도 할 수 없는 절규가 그의 목을 찢었다.

통분과 번민 속의 며칠 동안, 내로는 학자로서 길들여진 습관에서 비롯된 사색을 했다. 아니, 반성이라고 해야 옳을 것이다. 이번 사건에서는 무엇이, 누가, 누구의 어떤 점이 나빴는지 생각하는 것이다. 일본의 군신도(君臣道)와는 근본부터 다른 중국에서의 일로 비추어 볼 때, 당연히 그는 무제를 먼저 원망했다. 한때는 원망만으로 다른 것을 전혀 돌아볼 여유조차 없던 것이 사실이었다. 그러나 잠시 광란의 시기가 지나자 역사가로서 눈이 뜨이기 시작했다.

역사가로서 유생과는 달리 선왕(先王)의 가치에도 에누리할 수 있다는 것을 알았지만, 후왕인 무제에 대해 평가하면서도 개인적인 원한 때문에 그것을 깎아내리는 일 따위는 하지 않았다. 뭐니 뭐니 해도 무제는 대군주이다. 결점이 많지만 이 임금이 있는 한, 한나라의 천하는 미동도 하지 않는다. 고조(高祖)는 잠시 차치해 두고, 인군(仁君) 문제(文帝)도, 명군(名君) 경제(景帝)도 무제에 비하면 역시 작다. 단지 결점까지 크게 비치는 것은 어쩔 도리가 없는 일이다. 사마천은 극도의 분노 속에서도 이것을 잊지 않았다. 이번 일은 요컨대 하늘이 내린 질풍이나 폭우, 벼락 등을 만난 것으로 여길 수밖에 없다는 생각이 그를 한층 더 절망적인 분노로 이끌었다. 그러나 또 한편으로는 그 생각은 체념하고 사물을 명확히 보도록 하는 역할도 했다.

군주에게 오래도록 원한을 품을 수 없게 되자, 그것은 자연히 군주 측근의 간신들에게로 옮겨졌다. 그들이 나쁘다. 분명히 그렇다. 그러나 그 악함은 매우 부차적인 악함이다. 게다가 자긍심이 높은 사마천으로서는 그들 소인배는 원한의 대상에도 미치지 못한다는 생각이 들었다.

사마천은 이번만큼 호인(好人)이라는 자들에 대해 분노를 느낀 적이 없었다. 이들은 간신이나 혹리만도 못했다. 적어도 옆에서 보고 있자니 화가 치밀었다. 그들은 비열하게도 마음 편히 있으면서 남들까지 안심시키는, 참으로 괘씸한 자들이었다. 변호도 하지 않고 반박도 하지 않았다. 반성도 없고 자책도 없는 듯했다. 승상 공손하가 대표적인 인물이었다. 같은 아유영합(阿諛迎合)을 일삼는다고 해도 두주(杜周)―최근 이 남자는 전임자 왕경(王卿)을 모함하고 태연히 어사대부가 되었다―같은 자는 스스로 그것을 알고 있는 게 틀림없었다. 그러나 그저 착하기만 한 공손하로 말할 것 같으면 그에 대한 자각조차도 없다. 자신이 '전구보처자의 신'이라는 소리를 들어도 화를 낼 줄도 모르는 것이다. 이런 자에게는 원망할 가치조차 없었다.

사마천은 최후의 울분을 자기 자신에게 쏟으려고 했다. 사실 누구에게 화를 내야 한다면 결국 자기 자신밖에는 없을 것이다. 그렇지만 자신의 어디가 나빴다는 것인가? 이능을 변론한 것, 그것은 아무리 생각해 봐도 틀렸다고 생각할 수 없었다. 방법적으로 특별히 좋지 않았다고는 생각지 않았다. 아첨을 하는 데 만족하지 않는 한, 그것은 달리 어쩔 수 없었던 게 아닌가. 스스로 돌아보아 양심의 가책을 느끼지 않는다면, 그 가책이 느껴지지 않는 행위가 어떤 결과를 가져온다손 치더라도 사대부는 그것을 감수해야만 했다. 어떻든 그것은 틀림없는 일이었다. 그러므로 자신이 지해(肢解)[68]를 당하든, 요참(腰斬)[69]을 당하든 달게 받을 생각이었다. 그러나 이 궁형은―그 결과 이런 몸이 되었다고 하는 것은― 또 다른 것이었다.

같은 불구라도 손이 잘리거나 코를 베이는 것과는 전혀 다른 종류였다. 사대부 되는 자가 당할 형이 아니었다. 이 것만큼은, 몸이 이러한 꼴이 된다는 것은 어떤 면에서 봐도 악이었다. 달리 표현할 여지가 없다. 그리고 마음의 상처만이라면 시간이 흐르면서 치유가 되겠지만, 몸이 추악한 현실은 죽을 때까지 계속되는 것이다. 동기가 어떻든 이러한 결과를 초래했다는 것은 결국 '나빴다'고밖에 할 수 없다. 그렇다면 어디가 나빴는가? 자신의 어디가? 어디도 나쁘지 않았다. 자신은 옳은 일을 했다. 굳이 얘기한다면 '자신의 존재'라는 사실만이 나빴던 것이다.

멍하니 허탈한 상태로 앉아 있다가도 갑자기 벌떡 일어

나 상처 입은 짐승처럼 신음하며 어두운 방 안을 서성였다. 그러한 행동을 무의식중에 반복하면서 그의 생각도 같은 곳을 빙빙 돌 뿐 귀결할 줄 몰랐다.

자아를 잊고 벽에 머리를 부딪쳐 피를 흘린 몇 차례를 제외하고, 그는 자결을 시도하지 않았다. 사실 죽고 싶었다. 죽을 수만 있다면 얼마나 좋겠는가? 너무도 두려운 치욕이 사로잡고 있어 죽음을 두려워할 마음은 전혀 없었다. 어째서 죽을 수 없었는가? 자살할 만한 도구가 옥중에 없던 것도 이유일 것이다. 그러나 그밖에도 무언가가 그를 말렸다. 처음에 그는 그것이 무엇인지 몰랐다. 그저 광란과 울분 속에서 끊임없이 발작하듯이 죽음에 대한 유혹을 느꼈다. 그럼에도 불구하고, 한편으로 그의 마음이 자살 쪽으로 돌아서지 못하게 하는 어떤 힘을 막연히 느꼈다. 무엇을 잊었는지는 확실히 알 수 없지만 어쨌든 무언가 잊어버린 듯한 기분이 들었다. 그런 상태였다.

사마천은 감옥에서 풀려나 집에서 근신하면서, 비로소 자신이 한 달 동안 광란에 정신이 팔려 일생의 사업인 수사(修史)에 대한 일을 까맣게 잊고 있었던 것과 그 일에 대한 무의식적인 관심이 은연중에 자살하고자 하는 마음에서 구해냈다는 것을 깨달았다.

10년 전 임종 직전에 자신의 손을 잡고 울며 부탁하신 아버지의 가슴에 사무치는 말씀이 지금도 생생히 귓가에 들리는 듯했다. 그러나 더없이 참담한 지금 그의 심중에 더욱 수사에 대한 의욕을 강하게 하는 것은 아버지의 말씀뿐만이 아니었다. 그것은 무엇보다도 일 그 자체였다. 일에 대한 매력이라든가 정열이라든가 하는 즐거움이 아니었다. 수사라는 사명감에 대한 자각이었다. 그러나 당당하게 자신을 지키려는 자각은 아니다. 놀라울 정도로 자아가 강한 남자였는데, 이번 일로 자신이 얼마나 하찮은 존재였는가를 깊이 생각하게 된 것이다.

이상과 포부를 가지고 아무리 뻐겨도 어차피 자신은 소나 말에게 짓밟혀 버릴 길바닥의 벌레 같은 존재였던 것이다. '나'는 무참히 짓밟혔지만 수사라는 일의 의의에 대해서는 의심할 수 없었다. 이러한 비참한 몸이 되어 자신감도 긍지도 잃어버린 후, 그대로 세상에 살아남아 이 일에 종사해야 한다는 것은 아무리 생각해도 즐거운 일이 아니었다. 그것은 아무리 하기 싫어도 최후까지 관계를 끊을 수 없는,

인간의 숙명적인 인연과도 같은 것으로 느껴졌다. 어쨌든 자신은 이 일을 위해서라도 죽을 수 없었던 것이라는—그것도 의무가 아닌 가장 육신적인 이 일과의 관계에 의해서이다— 이유만큼은 확실해졌다.

그 순간부터 맹목적인 짐승의 고통 대신, 더 의식적인 인간의 고통이 시작되었다. 괴롭게도 자살할 수 없다는 것이 확실해지면서 자살 외에 고뇌와 치욕으로부터 벗어날 길이 없음이 점점 더 분명해졌다. 한낱 하대부인 태사령 사마천은 천한 3년 봄에 죽었다고, 그리고 그 후에 그가 남긴 사서를 계속해 써 나갈 사람은 지각도 의식도 없이 베껴 쓰기만 하는 하나의 기계에 지나지 않을 것이라고, 스스로 그렇게 생각할 수밖에 달리 도리가 없었다.

무리인 줄은 알면서도 그는 그렇게 생각하기로 했다. 수사 일을 계속하지 않으면 안 되었다. 이것은 그에게 절대적이었다. 수사 일을 계속하려면 아무리 견딜 수 없는 일이 닥치더라도 살아남아야 한다. 살아남으려면 아무래도 자신의 몸은 완전히 죽은 것으로 여길 필요가 있었다.

5개월 후 사마천은 다시 붓을 잡았다. 기쁨도 흥분도 없는 그저 일의 완성에 대한 의지만으로 자신을 채찍질하며,

다친 다리를 질질 끌면서 목적지를 향해 가는 나그네같이, 천천히 원고를 써 내려갔다. 이미 태사령 직에서는 면직되었다. 그 후 무제는 조금 후회가 되었는지 그를 중서령(中書令)[70]으로 임명했다. 그러나 그에게 관직의 출척[71] 따위는 아무 의미가 없었다. 이전의 논객 사마천은 일절 입을 열지 않았다. 웃는 일도 화내는 일도 없었다. 그러나 결코 초연한 모습은 아니었다. 사람들은 오히려 악령에 홀린 듯 침묵하는 그의 풍모 속에서 굉장한 무엇을 느꼈다. 밤에 잠자는 시간을 아껴 가며 그는 일을 계속했다. 가족에게는 그가 자살할 자유를 누리고 싶어 일을 서두르는 것으로 보였다.

처참한 노력을 1년 정도 계속한 후, 그제야 그는 삶의 가치를 완전히 잃어버린 후에도 표현하는 것에 대한 기쁨만은 살아남을 수 있다는 것을 깨달았다. 그러나 그 무렵에도 그의 완강한 침묵은 깨어지지 않았고, 풍모 속의 굉장한 무엇에도 부드러움이라는 것은 보이지 않았다. 원고를 계속 써 가는 중에 환관이라든가 엄노(閹奴)라든가 하는 문구를 써야 하는 대목에서는, 자기도 모르게 신음 소리를 냈다. 혼자 거실에 있을 때에도, 밤에 침상에 누워 있을 때에도, 문득 이 굴욕적인 생각이 떠오르면 갑자기 인두에 데인 듯한 뜨거운 통증이 전신을 휘감았다. 그는 이상한 소리를 내지르며 벌떡 일어나 신음하며 사방을 서성이다가, 이윽고 이를 악물고 자신을 진정시키곤 했다.

3

혼란 중에 정신을 잃은 이능이 짐승의 기름으로 불을 밝히고 짐승의 똥으로 불을 땐 선우의 장막 안에서 눈을 떴을 때, 순간 마음을 굳혔다. 스스로 목을 쳐서 능욕을 면하든가, 아니면 지금 일단은 적을 따르다가 기회를 엿보아—패군의 책임을 속죄하기에 필적하는 공적을 가지고— 탈주하든가 하는 두 가지밖에 길이 없는데, 이능은 후자를 택하기로 마음을 정한 것이다.

선우는 이능을 묶은 오랏줄을 몸소 풀어 주었다. 그리고 대우도 극진히 했다. 차제후선우(且鞮侯單于)[72]는 선대의 구리호선우(呴犁湖單于)[73]의 동생이었는데, 근골이 늠름하며 눈이 크고 붉은 수염을 한 중년의 대장부였다. 오랫동안 선우를 따라 한군과 싸워 왔지만 아직 이능만한 강적을 만난 적이 없었노라고 솔직히 털어 놓고, 능의 조부인 이광의 이름을 들어 이능의 선전을 칭찬했다. 호랑이를 때려눕히기도 하고 바위에 화살을 꽂기도 한 비장군 이광의 효명(驍名)은 지금도 이 땅에서 널리 입에서 입으로 전해지고 있다고 했다.

이능이 후의를 받는 것은 그가 강한 자의 자손이고 또한 그 자신도 강했기 때문이었다. 식사를 할 때도 강자가 먼저 맛있는 것을 취하고 남은 것을 노약자에게 주는 것이 흉노의 풍습이었다. 여기서는 강한 자가 능욕을 당하는 일은 결코 없었다. 항장(降將)인데도 불구하고 이능은 한 채의 궁려(穹廬)[74]와 10여 명의 종자(從者)가 주어지는 등, 국빈 대우를 받았다.

이능에게는 기이한 생활이 시작되었다. 집은 모직물로 된 궁려, 음식물은 양의 날고기, 음료는 소나 양의 젖과 발효유, 의류는 늑대와 양과 곰의 가죽을 모아 만든 것이고, 오로지 목축과 수렵과 약탈을 하는 생활뿐이었다. 그러나 끝없이 넓은 고원에도 강과 호수와 산에 의한 경계가 있고, 선우의 직할지 외에는 좌현왕(左賢王), 우현왕(右賢王), 좌록려왕(左谷蠡王), 우록려왕(右谷蠡王) 이하 여러 왕후의 영지로 분할되어 있었으며, 목민의 이주는 각기 경계 안에서만으로 제한되어 있었다. 성곽도 없고 논밭도 없는 나라, 촌락은 있어도 계절이나 물과 풀의 상태에 따라 땅의 모습이 바뀌었다.

이능에게는 토지가 주어지지 않았다. 선우 휘하의 장군들과 함께 이능은 언제나 선우를 뒤따랐다. 틈만 있으면 선우의 목을 베려고 노렸으나 그것이 쉽지만은 않았다. 설령 선우의 목을 베었다 하더라도 그것을 가지고 도망간다는 것은 비상한 기회를 포착하지 않는 한 우선 불가능했다. 이 땅에서 선우를 맞찔러 죽였다고 하면 흉노는 자신들의 불명예를 쉬쉬하며 묻어 버릴 것이다. 결코 그 사실이 한나라에까지 들어갈 리는 만무했다. 이능은 끈기 있게 불가능이라고 여겨지는 기회가 오기를 기다렸다.

선우의 막하에는 이능 외에도 투항한 한인이 몇 있었다. 그 가운데 한 사람으로 위율(衛律)이 있었는데, 그는 군인은 아니지만 바이칼 호수에서 남시베리아 일대에 살던 유목 민족인 정령족(丁靈族)의 왕[75]으로 책봉되어 선우에게 가장 중히 쓰임 받고 있었다. 위율의 아버지는 원래 호인(胡人)이었으나, 사연이 있어 그는 한나라 도읍에서 태어나 성장했다. 위율은 무제에게 충성하고 있었는데, 협률도위(協律都尉) 이연년(李延年)[76]의 사건에 연루된 것을 두려워해 흉노로 도망친 것이다. 그의 몸속에 흉노의 피가 흐르는 만큼 호나라의 풍습에 젖어드는 속도도 빨랐다. 또 상당히 유능해 늘 차제후선우의 참모회의에 참석해 모든 책략을 맡고 있었다.

이능은 위율을 비롯해 흉노에 투항한 모든 한인들과는 거의 말을 하지 않았다. 그의 머리에 있는 계획을 함께 실행에 옮길 인물이 없다고 생각한 것이다. 생각해 보니 다른 한인들끼리도 어색한지 서로 친하게 지내는 일이 없는 듯했다.

선우는 한번 이능을 불러 군략상의 의견을 구한 적이 있었다. 그것은 동호(東胡)와의 싸움에 관한 것이어서 이능은 기꺼이 자신의 의견을 말했다. 그다음에도 선우가 같은 내용의 상담을 해왔는데, 이번에는 상대가 한군이었다. 이능은 분명히 싫은 표정을 지으며 입을 열지 않았다. 선우도 굳이 대답을 들으려고 하지 않았다. 그리고 한참 지나서 한나라 대군(大郡)[77]과 상군(上郡)[78]을 약탈하는 군대의 대장으로 남행해 주기를 부탁했다. 이때에도 이능은 한군과 싸우는 전투에 나갈 수 없는 이유를 말하고 딱 잘라 거절했다. 그 후 선우는 이능에게 두 번 다시 이와 같은 부탁을 하지 않았다. 그러나 대우는 여전히 변함없었다. 따로 이용할 목적도 없이 그저 장부를 대우하기 위해서라고밖에 달리 생각할 수 없었다. 어쨌든 선우는 대장부라고 이능은 생각했다.

선우의 장자인 좌현왕이 유달리 이능에게 호감을 나타내기 시작했다. 호의라기보다는 존경이라고 해야 할 것이다. 이제 스무 살을 갓 넘긴 야성적이면서도 용기 있는 성실한 청년이었다. 강한 자에 대한 찬미가 실로 순수하고 강렬했다. 처음엔 이능에게 와서 기사(騎射)를 가르쳐 달라고 했다. 기사라고는 하지만 기술(騎術)은 이능에게 뒤지지 않을 정도였다. 특히 안장을 얹지 않은 나마(裸馬)를 타고 달리는 기술에서는 이능을 훨씬 능가해서, 이능은 단지 사술(射術)만을 가르치기로 했다. 사술의 신기에 가까운 경지에 대해 말할 때, 오랑캐 청년은 눈동자를 반짝이며 열심히 들었다. 둘은 자주 사냥을 나갔다. 몇 명의 부하만을 데리고 둘은 종횡으로 광야를 질주하며 여우와 늑대와 영양과 독수리와 꿩 등을 잡았다.

어느 날 저녁 해가 뉘엿뉘엿 질 무렵 화살이 거의 다 떨어진 두 사람이— 두 사람의 말은 부하들을 멀리 떼어 놓고 달리고 있었다— 늑대 떼에게 포위된 적이 있었다. 말에 채찍을 가해 전속력으로 헤치고 나왔는데, 그때 이능의 말 엉덩이로 달려든 늑대 한 마리를 뒤에 쫓아오던 청년 좌현왕이 곡도(曲刀)로 몸통을 두 동강냈다. 나중에 살펴보니 두 사람의 말은 늑대에게 다리를 물려 피투성이였다. 그런 하루를 보낸 날 밤에 천막 안에서 그날의 노획물을 넣어 끓인 것을 후후 불며 먹다가 이능은 문득 불빛에 얼굴을 벌겋게 달구고 있는 젊은 오랑캐왕의 아들에게서 우정 같은 것을 느꼈다.

천한 3년 가을에 흉노가 또 안문(雁門)[79]을 침범했다. 이를 보복한다고 한나라는 다음해인 4년에 이사장군 이광리에게 기병 6만에 보병 7만의 대군을 이끌고 삭방을 떠나게 하고, 보병 1만을 이끈 강노도위 노박덕에게 이를 지원하게 했다. 또한 인우장군 공손오는 기병 1만과 보병 3만으로 안문을, 유격장군(遊擊將軍) 한열(韓說)[80]은 보병 3만으로 오원을 각각 출발했다. 근래에 없던 규모의 대북 정벌이었다. 선우는 이 소식을 접하자, 곧 노약자와 짐승, 자재 등을 모두 여오수(余五水)의 북쪽으로 이동시키고, 먼저 10만의 정예 기병을 이끌고 아광리와 노박덕의 군대를 맞아 싸우러 여오수의 남쪽에 있는 대초원으로 나갔다. 계속 싸우기를 10여 일, 이윽고 한군은 후퇴할 수밖에 없었다.

이능에게 사사한 좌현왕은 따로 부대를 이끌고 동쪽의 인우장군을 맞아 대파했다. 한군의 왼쪽 날개였던 한열의 군대 또한 병사를 뒤로 물렸다. 대북 정벌은 완전한 실패였다. 이능은 여느 때처럼 한나라와의 싸움에는 진두에 모습을 드러내지 않고 여오수의 북쪽으로 물러나 있었는데, 좌현왕의 전투를 은연중에 걱정하고 있는 자신을 발견하고 내심 놀랐다. 물론 전체로서는 한군의 승리와 흉노군의 패전을 바라고 있었으나, 좌현왕만큼은 왠지 지지 않았으면 하는 마음이 있었던 것 같다. 이능은 이런 자신을 몹시 책망했다.

좌현왕에게 패한 공손오가 도성으로 돌아와, 사병을 많이 잃고 공도 없다는 이유로 옥에 갇히게 되었을 때, 묘한 변명을 했다. 적군의 포로에 의하면 흉노가 강한 것은 한나라에서 포로가 된 이능 장군이 항상 군사를 훈련시키고 군략을 가르쳐 한군에 대비하게 하고 있기 때문이라는 것이다. 물론 그렇다고 해서 그가 패했다는 것은 이유가 되지 않으므로 인우장군의 죄는 용서받지 못했다.

그러나 이 말을 들은 무제가 이능에 대해 격노한 것은 말할 필요도 없었다. 한 번 용서를 받아 집에 돌아와 있던 이능의 일족은 다시 옥에 갇히게 되었다. 그리고 이능의 노모와 처자와 형제 모두 죽임을 당했다. 경박함은 세인에게 늘 있는 것이라 하지만, 당시 농서—이능의 집안은 농서 출신이다—의 사대부들은 모두 이능을 배출한 것을 부끄러워했다고 한다.

이 소식이 이능에게 전해진 것은 반 년 정도 지나서였다. 변경에서 납치되어 온 한나라의 한 병졸에 의해서였다. 그것을 들었을 때, 이능은 병졸의 멱살을 움켜쥐고 세게 흔들며 사건의 진위를 다시 한번 확인했다. 틀림없음을 알게 되자 이능은 이를 악물고 두 손에 불끈 힘을 주었다. 병졸은 몸을 버둥대며 괴로운 신음 소리를 냈다. 이능의 손이 무의식중에 그의 목을 꽉 조르고 있었던 것이다. 이능이 손을 떼자, 그는 털썩 땅에 쓰러졌다. 그 모습에 이능은 눈길도 주지 않고 장막을 뛰쳐나갔다.

이능은 들판을 이리저리 걸었다. 분노가 머릿속에서 소

용돌이쳤다. 노모와 어린 것을 생각하면 마음은 불타는 듯한데, 눈물은 한 방울도 나오지 않았다. 너무도 강한 분노가 눈물마저도 말라버리게 한 듯했다.

이번 경우에만 한한 것이 아니다. 자신의 일가는 애초부터 한나라에서 어떻게 취급받아 왔던가. 그는 조부 이광의 최후를 떠올렸다. 이능의 아버지 당호(當戶)는 그가 태어나기 몇 개월 전에 죽었다. 때문에 이능은 유복자였다. 소년 시절까지 그를 교육시키고 훈련시킨 것은 유명한 그의 조부였다. 명장 이광은 수차례에 걸쳐 북방 정벌에 공을 세우고서도 군주 측근에 있던 간신들의 방해로 한 번도 포상을 받지 못했다. 부하 장수들이 차례차례 작위 봉후를 얻어 나가는 데도 청렴한 이장군만은 봉후는커녕, 시종 청빈한 생활에 만족하지 않으면 안 되었다. 끝내 그는 대장군 위청과 충돌했다. 위청에게는 노장을 위로할 마음이 있었으나, 막하의 한 군리가 호랑이의 위용을 빌린 여우처럼 이광을 능욕했다. 격분한 노명장은 곧 그 자리, 진영 안에서 자신의 목을 쳤던 것이다. 조부의 죽음 소식을 듣고 소리 내어 울던 소년 시절의 자신을 이능은 지금도 분명하게 기억하고 있다.

이능의 숙부 이감(李敢)은 또 어떠했는가. 그는 아버지
의 비참한 죽음으로 위청을 원망해 몸소 대장군의 저택으
로 가 세차게 항의했다. 대장군의 조카인 표기장군 곽거병
(霍去炳)이 그것을 분히 여긴 나머지 감천궁(甘泉宮)[81]으로
함께 수렵을 나가 그곳에서 이감을 사살해 버렸다. 무제는
그 사실을 알면서도 표기장군을 감싸주기 위해 이감은 사
슴의 뿔에 받혀 죽은 것으로 일을 처리시켰다.

사마천의 경우와는 달리, 이능은 단순했다. 분노가 전부
였다. 무리를 해서라도 일찍이 세웠던 계획—선우의 목을
가지고 흉노 땅을 탈출하는—을 좀 더 빨리 실행했더라면
좋았을 텐데 하는 후회를 제외하면, 그저 그것을 어떻게 표
현하느냐 하는 문제만이 남아 있을 뿐이었다. 그는 조금 전
에 이 사실을 알려 준 병졸의 말—흉노 땅에서 이장군이
병사를 훈련해 한군에 대비시키고 있다는 말을 듣고 폐하
께서 진노하셨다는 등—을 되새겼다. 집히는 데가 있었다.
물론 자신에게는 그런 기억은 없지만 같은 한나라의 항장
(降將)으로 이서(李緖)[82]라는 사람이 있었다. 원래 새외도
위(塞外都尉)[83]로서 계후성을 수비하던 장군이었는데, 흉
노에 투항해 와서는 늘 흉노군에게 군략을 가르치고 병사

를 훈련시켰다. 실제로 반 년 전에 그는 선우를 따라서 — 문제의 공손오의 군대와는 아니지만— 한군과 싸웠다. 이능은 이것이라고 생각했다. 그와 자신이 같은 이장군으로 오해된 것임에 틀림없었다.

그날 밤 이능은 홀로 이서의 장막으로 갔다. 한 마디도 하지 않았고, 한 마디도 하게 하지 않았다. 이서는 단칼에 쓰러졌다.

다음 날 아침, 이능은 선우에게 사정을 밝혔다. 선우는 걱정할 필요가 없다고 말했다. 단지 어머니 대연지(大閼氏)[84]가 다소 문제를 일으킬지 모르므로(상당한 노령인 선우의 어머니는 이서와 내연의 관계에 있었다. 선우는 이 사실을 알고 있었다. 흉노의 풍습에 의하면 아버지가 죽으면 장자가 아버지의 처첩 모두를 자신의 것으로 삼았는데, 생모만큼은 그 안에 포함시키지 않았다. 극단적으로 남존여비인 그들에게도 생모에 대한 존경심은 있었던 것이다) 잠시 북쪽으로 가 숨어 있기 바란다고 말했다. 그리고 지금의 분위기가 가라앉으면 데리러 가겠노라고 덧붙였다. 그 말대로 이능은 잠시 종자를 데리고 서북의 두함산(兜銜山)[85] 기슭으로 몸을 피했다. 얼마 지나지 않아 대연지는 병사했다.

선우의 집으로 다시 불려갔을 때, 이능은 사람이 달라진 듯했다. 지금까지 한나라에 대한 군략만큼은 절대로 책임을 맡으려 하지 않던 그가 이제는 자원해 의논 상대가 되려고 말을 꺼냈다. 선우는 이러한 변화에 크게 기뻐했다. 그는 이능을 우교왕(右校王)[86]에 임명하고 자신의 딸을 주어 처로 삼게 했다. 딸을 처로 삼으라는 이야기는 이전부터 있었는데, 지금까지 이능은 계속 거절해 왔던 것이다. 그런데 이번에는 주저하지 않고 처로 삼았다.

마침 주천과 장액 지방으로 약탈하기 위해 가는 군대가 있어 이능은 자원해 따랐다. 그러나 서남쪽으로 잡았던 진로가 준계산 기슭을 지나게 되자 이능의 마음은 어두워졌다. 일찍이 이 땅에서 자신을 따르다가 죽은 부하들을 생각하며, 그들의 뼈가 묻히고 그들의 피가 물들인 그 사막 위를 걸어가면서 지금의 신세를 생각하니 이미 한군과 싸울 용기를 잃었다. 몸이 불편한 것을 핑계로 그는 혼자 말머리를 북으로 돌렸다.

이듬해인 태시(太始) 원년[87]에 차제후선우가 죽고 이능과 친했던 좌현왕이 뒤를 이었다. 그가 바로 고록고선우

(孤鹿姑單于)[88]이다.

　흉노의 우교왕이 된 이능은 아직도 마음이 확실치 않았다. 어머니와 처자를 잃고 집안을 멸족시킨 원한은 골수에 박혔지만, 스스로 병사를 이끌고 한군과 싸울 수는 없다는 것이 앞서의 경험으로 분명해졌다. 다시는 한나라의 땅을 밟지 않겠노라고 맹세했다. 그러나 흉노에 동화하여 일생을 편히 보낼 수 있을지 없을지는 새 선우와의 우정을 생각해 봐도 자신이 없었다. 생각하는 것을 싫어하는 그는 마음이 초조해지면 언제나 혼자서 준마를 타고 광야로 달려나갔다.

　구름 한 점 없는 가을 하늘 아래 말발굽 소리를 내며 초원으로 구릉으로 미친 듯이 달렸다. 몇 백 리쯤 말을 달리다가 사람도 말도 지치면 그제야 고원 안에 있는 작은 내를 찾아 내려가 말에게 물을 먹였다. 그리고 자신은 푸른 초원 위에 드러누워 상쾌한 피로감에 젖어 멍하니 올려다보았다. 맑은 하늘의 푸름과 그 높이와 넓이, '아아! 나는 본디 천지간의 한 미립자에 불과한데 한(漢)이면 어떻고 또 호(胡)면 어떠랴' 하는 생각이 불현듯 들기도 했다. 이렇게 한 번 쉬고 나서는 또다시 말에 올라타서 정신없이 달렸다.

종일 말을 타고 돌아다니다 황운(黃雲)이 지는 해를 가려 어둑어둑해지면 지쳐서 영내로 돌아왔다. 그에게는 피로만이 유일한 구원이었다.

사마천이 이능을 위해 변론하다가 죄를 얻은 사실을 전한 사람이 있었다. 이능은 그다지 고맙다고도 불쌍하다고도 생각지 않았다. 사마천과는 서로 얼굴은 알고 인사한 적은 있어도 특히 교분이 있었던 것은 아니었다. 오히려 변론하기를 좋아하는 좀 시끄러운 사람이라는 정도로밖에 생각하지 않았다. 게다가 지금의 이능은 타인의 불행을 실감하기보다는 혼자만의 고통과 싸우는 게 고작이었다. 쓸데없는 참견이라고까지는 생각지 않았으나 특히 미안하다고 느끼지도 않았던 것이다.

이능은 처음에는 한낱 야비하고 우스꽝스러운 것으로밖에 비치지 않았던 호지의 풍습이, 점차 그 땅의 풍토와 기후 등을 고려해 보면 결코 야비하지도 불합리하지도 않다고 여기게 되었다. 두꺼운 가죽으로 만든 의복이 아니면 북방의 겨울은 견딜 수 없고, 육식이 아니면 호지의 한랭한 기후를 이겨낼 정력을 저장할 수 없게 된다. 고정된 가옥을 건축하지 않는 것도 그들의 생활 형태에서 온 필연적인 것으로서, 한나라 사람들의 생각만으로 호지의 풍습이 저급한 것이라고 깔보는 것은 합당치 않았다. 한나라 사람의 생활 풍습을 그대로 지키고자 한다면 호지의 자연 속에서는 하루도 견뎌내지 못할 것이다.

이능은 선대의 차제후선우가 한 말을 기억했다. 한나라 사람은 모든 이야기의 두 마디째에는 자신들의 나라를 예의의 나라라 하고, 흉노의 생활은 금수에 가깝다고 하는 것을 비난하여 한 말이었다.

"한인들이 말하는 예의란 무엇인가? 추한 것을 표면만 아름답게 꾸미는 허식이 아닌가? 실리를 추구하고 남을 헐뜯는 것은 한인과 호인 중 어느 쪽이 더 심한가? 색에 빠지고 재물을 탐하는 것 또한 어느 쪽인가? 껍데기를 한 꺼풀 벗겨내면 필경 어느 쪽도 마찬가지일 것이다. 단지 한인은 이것을 위장할 줄 알고, 우리는 그것을 모를 뿐이다."

한나라의 초기부터 이어진 골육상잔의 내란과 공신들끼리의 배척과 모함 등을 예로 들며 이렇게 말했을 때, 이능은 거의 대꾸할 말을 잃었다. 무인인 그는 지금까지도 번거로운 예를 위한 예에 대해 의문을 가진 적이 한두 번이 아니었기 때문이다.

확실히 조잡스럽기는 하지만 소박한 흉노의 풍속이 아름다운 명분 아래 숨겨진 한인의 음험함보다 훨씬 호감이 갈 적이 많았다. 이능은 제하(諸夏)[89]의 풍속을 옳은 것으로, 흉노의 풍속을 천한 것으로 단정해 버리는 것은 너무나도 한인적인 편견이 아닌가 하고, 점차 생각하게 되었다. 예를 들면 지금까지 인간에게는 이름 외에 '자(字)'라는 것이 있어야만 한다는 것을 이유도 모른 채 믿고 있었다. 그러나 생각해 보면 '자'가 반드시 필요하다는 이유는 어디에도 없다.

그의 호인(胡人)인 처는 매우 얌전한 여인이었다. 아직도 남편 앞에 나오면 우물쭈물하며 말도 제대로 하지 못했다. 그러나 그들 사이에 태어난 아들은 조금도 아버지를 두려워하지 않고 아장아장 걸어서 이능의 무릎으로 기어 올라왔다. 아이의 얼굴을 들여다보면 수년 전 장안에 두고 온—할머니, 어머니와 함께 죽임을 당한— 아이의 모습이 문득 떠올라 이능은 자신도 모르게 서글퍼졌다.

이능이 흉노의 포로가 되기 1년 전부터 한나라의 중랑장(中郎將) 소무(蘇武)[90]가 호지에 억류되어 있었다. 원래 소무는 평화의 사절로서 포로 교환을 위해 파견되었다. 그런데 부사(副使) 아무개가 마침 흉노의 내분에 관계했기 때문에 사절단 전원이 억류된 것이다. 선우는 그들을 죽이려고는 하지 않고 위협하여 이들을 항복하게 만들었다. 단지 소무만이 항복을 거절했을 뿐만 아니라 능욕을 피하기 위해 스스로 검을 빼어 자신의 가슴을 찔렀다.

그때 기절한 소무를 치료한 흉노족 의원의 치료법은 독특했다. 땅을 파서 구덩이를 만들어 잿속에 숯불을 묻은 다음 그 위에 부상자를 엎어 놓고 등을 밟아 피를 쏟게 했다고 《한서(漢書)》[91]는 기록하고 있다. 이 거친 치료 덕택에 소무는 반나절 동안 기절한 후에 다시 정신이 들었다. 차제 후선우는 그에게 홀딱 반했다. 수십 일이 지나 소무의 몸이 회복되자 앞에 말한 근신(近臣) 위율을 시켜 간곡히 항복을 권했다. 위율은 소무에게 과격한 욕설을 들어 크게 망신을 당하고는 손을 떼었다.

그 후 소무가 구덩이 속에 유폐되었을 때, 옷감에 섞어 짠 동물의 털을 눈에 뭉쳐 먹으며 허기를 채웠다는 이야기와, 결국에는 북해(바이칼 호수) 연안의 아무도 살지 않는 곳으로 유배되어 갈 때 선우로부터 숫양에게서 젖이 나오지 않는 한 돌아오는 것을 허락하지 않겠다는 말을 들었단 이야기 등은, 19년 동안 지조를 지킨 그의 이름과 함께 너무도 유명한 이야기가 되었다. 어쨌든 이능이 오랫동안 번민하다가 겨우 여생을 호지에 묻으려고 결심해야 했을 그 무렵, 소무는 이미 오래 전부터 북해의 연안에서 홀로 양을 키우고 있었던 것이다.

이능과 소무는 20년지기 친구였다. 일찍이 나란히 시중(侍中)[92]을 맡았던 적도 있었다. 외고집으로 모든 일을 처리할 수 없는 직분이기는 했으나, 확실히 드물게 보는 고집 센 사나이인 것은 의심할 여지가 없다고 이능은 생각했다. 천한(天漢) 원년에 소무가 북으로 가고 얼마 지나지 않아 소무의 노모가 병사했을 때에도 이능은 양릉(陽陵)[93]까지 따라갔다. 소무의 처가 남편이 다시 돌아올 가망이 없음을 알고 재가했다는 소문을 들은 것은 이능이 북방 정벌을 위해 출발하기 직전의 일이었다. 그때 이능은 친구를 위해 그 처의 경조부박함에 강한 분노를 느꼈다.

그러나 뜻밖에도 이능 자신이 흉노의 포로가 되자, 정작 소무를 만나고 싶은 생각이 들지 않았다. 소무가 멀리 북쪽으로 떠나가 얼굴을 마주하지 않아도 되자 오히려 다행이라고까지 생각했다. 특히 자신의 가족이 살육되고 다시 한나라로 돌아가고 싶은 마음을 잃어버린 후에는 한층 더 이 '한나라에 지조를 지킨 목양자'와 상면하는 것을 피하고 싶었다.

고록고선우가 아버지의 뒤를 이은 지 수년이 지나, 한때 소무가 생사 불명이라는 소문이 돌았다. 아버지 선우가 결국 항복시키지 못한 이 불굴의 사신의 존재를 생각해 낸 고록고선우는 소무의 안부를 확인함과 동시에 만약 그가 아직도 건재하다면 다시 한번 항복을 권해 보도록 이능에게 부탁했다. 이능이 소무의 친구라는 것을 들은 것이다. 하는 수 없이 이능은 북으로 갔다.

고차수(姑且水)[94]를 북으로 거슬러 질거수와 합류하는 지점에서 다시 서북으로 삼림지대를 가로질렀다. 아직 여기저기에 잔설이 남은 강기슭을 며칠이나 걸어 올라갔다. 드디어 북해의 푸른 물과 숲과 들의 저편이 보이기 시작할 무렵, 주민인 정령족의 안내인은 이능 일행을 허름한 통나무집으로 안내했다.

오두막의 주인은 사람들의 신기한 말소리에 놀라 궁시(弓矢)를 손에 쥐고 밖으로 나왔다. 머리부터 모피를 뒤집어 쓴, 수염이 텁수룩한 곰 같은 산사나이의 얼굴 속에서 이능은 이중구감(移中廐監) 소자경(蘇子卿)의 모습을 발견했다. 그러나 저쪽은 호복을 입은 대관(大官)이 예전의 기도위 이소경(李少卿)이라는 것을 인정하기까지는 잠시 시간이 필요했다. 소무는 이능이 흉노에 충성하고 있다는 것을 전혀 듣지 못했기 때문이었다.

재회의 감동이 지금까지 소무와 만나는 것을 피했던 이능의 마음을 순간 압도하고 말았다. 두 사람은 모두 한동안 말이 없었다.

주위에 이능의 종자들이 천막을 몇 개 세우자, 사람이 살지 않던 변경은 갑자기 시끌벅적해졌다. 준비해 온 술과 안주가 숨 가쁘게 오두막 안으로 운반되고, 밤이 되자 진객을 환영하는 웃음소리가 숲속의 짐승들을 놀라게 했다. 그들은 며칠 동안 그곳에 머물렀다.

자신이 호복을 입게 된 경위를 설명하는 것은 정말 괴로웠다. 그러나 이능은 조금도 변명할 생각 없이 사실만을 이야기했다. 소무가 아무렇지도 않게 하는 말은 수년 동안의 참담한 생활을 그대로 그리고 있는 듯했다. 몇 년 전의 일로, 흉노의 어간왕(於靬王)이 사냥을 나와 이곳을 지나가다가 소무를 발견하고 동정해 3년 동안 줄곧 의복과 식량을 보내 주었다고 했다. 그러나 어간왕이 죽은 후로는 얼어붙은 대지에서 들쥐를 파내어 굶주림을 이겨내야 하는 형편이었다고 했다. 그가 생사 불명이라는 소문은 그가 기르던 가축들이 도적 떼에게 한 마리도 남김없이 빼앗긴 데에서 잘못 전해진 것이리라. 이능은 소무의 어머니가 돌아가신 일은 전했으나, 처가 자식을 버리고 개가한 것은 도저히 전할 수 없었다.

그는 무엇을 목표로 살고 있는 것일까? 이능은 의심스러웠다. 그는 아직도 한나라로 돌아갈 날만을 기다리는 것일까? 소무의 말에서는 새삼스럽게 그런 기대는 전혀 없는 듯해 보였다. 그렇다면 그는 무엇을 위해 이런 비참한 날들을 견뎌내는 것일까? 선우에게 항복하면 융숭한 대접을 받으리라는 것은 틀림없을 텐데. 물론 소무가 그렇게 할 리 없다는 것쯤은 처음부터 알고 있었다. 이능이 의문을 갖는 것은 어째서 빨리 스스로 목숨을 끊지 않는가 하는 것이었다.

이능 자신이 희망 없는 생활임에도 스스로 목숨을 끊지 못하는 것은 어느새 이곳에 뿌리를 내려 버린 의리와 은애 때문이었다. 또한 이제 죽는다고 해도 그것이 한나라에 대해 의리를 지키는 것도 아니기 때문이었다. 그러나 소무의 경우는 달랐다. 그는 이 땅에 딸린 식구도 없다. 한조(漢朝)에 대한 충신이라는 점을 생각하면 언제까지나 절모(節旄)[95]를 가지고 광야에서 굶주리는 것과, 곧 절모를 태우고 스스로 목숨을 끊는 것과 별다른 차이가 없는 듯했다. 게다가 처음에 붙잡히자마자 자신의 가슴을 찌른 소무에게 이제 와서 죽음을 두려워하는 마음이 싹텄다고는 생각할 수 없었다.

이능은 젊은 시절 소무의 외고집을, 우스꽝스러우리만치 고집이 센 오기를 떠올렸다. 선우는 영화를 먹이로 삼아 극도로 빈곤한 생활을 하는 그를 유혹하려고 한다. 먹이에 유혹 받는 것도 그러하지만, 고난을 이기지 못하고 자살하는 것 또한 선우에게—또는 그것으로 결정되는 운명에—지는 것이 된다. 어쩌면 소무는 그렇게 생각하고 있는지도 모른다. 그러나 운명과 의지가 서로 경쟁하는 듯한 소무의 모습이, 이능에게는 해학적이거나 가소롭게 여겨지지는 않았다.

상상을 뛰어넘는 곤궁과 결핍, 혹한 그리고 고독을—게

다가 이제부터 죽음에 이르기까지의 긴 세월을— 태연히 일소에 부칠 수 있는 것이 의지라고 한다면, 이 의지야말로 처참하고도 장대한 것이라고 말하지 않을 수 없다.

이전에는 다소 점잖게 보였던 소무의 고집이 이렇게 커다란 오기로까지 성장한 것을 보고 이능은 경탄했다. 더구나 그는 자신의 행위가 한나라에 알려지기를 바라지도 않고 있다. 자신이 다시 한나라에 받아들여지는 것은 고사하고 자신이 이렇게 사람이 살지 않는 땅에서 고난과 투쟁하는 것을 한나라는커녕 흉노의 선우에게조차도 알려 줄 사람을 기다리지도 않았다. 아무도 지켜보지 않는 곳에서 혼자 죽어갈 것임에 틀림없는 최후의 날에 자신을 돌아보고, 최후까지 자신의 운명을 웃어넘길 수 있었던 것에 만족하며 죽어간다는 것이다. 누구 하나 자신의 자취를 알아주지 않아도 상관없다는 것이다.

이능은 일찍이 선대 선우의 목을 노리면서도, 목적을 달성해 그것을 가지고 흉노 땅을 탈주할 수 없다면 모처럼의 행위가 무의미하게 되어 한나라에 전해지지 못하게 되는 것을 두려워했다. 그래서 결국 그 뜻을 결행할 기회를 얻지 못했다. 사람에게 알려지지 않기를 원하는 소무를 앞에 두고 그는 남모르게 식은땀이 나는 기분이었다.

처음 만났을 때의 감동이 차차 식어가고, 2, 3일 지나는 사이에 이능의 마음속에서는 일종의 거리낌 같은 것이 생겼다. 무엇을 말하더라도 자신의 과거를 소무의 그것과 대비하게 되고, 그것이 또 하나하나 마음에 걸렸다. 소무는 의인이고 자신은 매국노라고 할 만큼 분명하게 생각되지는 않았다. 그러나 자연의 침묵 속에서 다년간 수양을 쌓은 소무의 엄격함 앞에서는 자신의 행위에 대한 유일한 변명이었던, 지금까지 겪은 자신의 고난과 소무의 그것과 같다는 생각이 여지없이 압도당하는 것을 느꼈다.

게다가 기분 탓인지 시간이 흐름에 따라 자신을 대하는 소무의 태도에서 무언가 부자가 빈자를 대하는 듯한—자신의 우월을 인식해 상대에게 관대하려는— 태도를 느끼게 되었다. 어디라고 분명히 말할 수는 없으나, 어떤 순간에 문득 그런 생각을 갖게 된 것이다. 누더기를 걸친 소무의 눈에 가끔 비치는 희미한 연민의 빛이, 화려한 족제비 가죽으로 만든 옷을 입은 우교왕 이능에게는 무엇보다 두렵게 느껴졌다.

그곳에서 열흘을 머문 후, 이능은 옛 친구와 헤어져 초연히 남으로 떠나왔다. 식량이나 의복 등은 숲속의 통나무 집에 충분히 남겨두었다.

이능은 선우에게서 부탁받은 항복 권고에 대해서 결국 입을 열지 못했다. 소무의 대답을 들을 필요도 없이 분명한 것을 알았기 때문이다. 또한 이제 와서 새삼스럽게 그런 권고를 해 소무와 자신을 욕되게 할 필요가 없다고 생각했기 때문이다.

남으로 돌아와서도 소무의 존재는 이능의 머리에서 하루도 떠나지 않았다. 멀리 떨어져 생각하니 소무는 한층 더 엄한 모습으로 그의 앞에 우뚝 서 있는 것처럼 여겨졌다.

이능 자신도 흉노에 항복한 것을 잘했다고 생각하지는 않지만 자신의 고국에 바친 충성과 그에 대한 고국의 보답을 생각하면, 아무리 무정한 비판자라 하더라도 그 '어쩔 수 없었던' 것을 인정하리라고 믿고 있었다. 그런데 여기 한 남자가 아무리 '어쩔 수 없는' 상황을 앞에 두고도 결코 자신에게 그것은 '어쩔 수 없다'고 여기는 것을 허락하려고 하지 않는 것이다.

기아도 혹한도 고독의 고통도, 그리고 고국의 냉담함도

자신의 충절이 결국은 몇 사람에게조차 알려지지 않을 것이라는 거의 확정적인 사실도, 그에게는 평생의 지조를 꺾어야 할 만큼의 어쩔 수 없는 사정이 아닌 것이다.

소무의 존재는 그에게 숭고한 훈계이기도 하고 마음 졸이는 악몽이기도 했다. 때때로 그는 사람을 보내어 소무의 안부를 확인하게 하고, 식품과 짐승과 융단 등을 보냈다. 소무를 만나고 싶은 마음과 피하고 싶은 마음이 그의 마음 속에서 항상 싸우고 있었다.

몇 년 후, 이능은 북해 연안의 통나무집을 다시 한번 방문했다. 그때 북방을 지키던 위병들을 만났다. 그들에게서 요즘 한나라의 변경에서 태수 이하의 관리와 백성들이 모두 흰옷을 입고 있다는 이야기를 들었다. 백성이 모두 흰옷을 입었다는 것은 천자의 상을 입은 것임에 틀림없었다. 그제야 이능은 무제가 죽은 것을 알았다.

북해 연안에 도착해 이 사실을 알리자, 소무는 남쪽을 향해 호곡했다. 며칠간 통곡을 계속하더니 결국 피를 토하기에 이르렀다. 그 모습을 보면서 이능은 점차 마음이 어둡고 침울해져 갔다. 물론 이능은 소무의 통곡에 대해 진실성을 의심하지 않았다. 소무의 순수하고 뜨거운 비탄의 심정에 감동하지 않을 수 없었다. 그러나 자신은 지금 한 방울의 눈물도 나오지 않는 것이다.

소무는 이능처럼 전 가족을 살육당하지 않았다. 그렇지만 그의 형은 천자의 행렬을 앞에 두고 아주 경미한 교통사고를 일으켰기 때문에, 또 그의 동생은 어떤 범죄자를 잡아들이지 못했기 때문에 책임을 지고 함께 자결을 명령받았던 것이다. 아무리 생각해도 한조에서 후의를 입었다고는 할 수 없었다.

이능은 그것을 알고 있었다. 그러나 지금 눈앞에서 통곡하는 소무의 순수한 모습에서 이전에는 그저 소무의 강한 의지만이 보였는데 실은 자신과는 비교할 수 없이 조국 한나라에 대한 청렬하고 순수한 애정—그것은 '의리'라든가 '절개'라든가 하는, 밖에서 강요하는 것이 아니라, 억누르려고 해도 억누를 수 없이 용솟음쳐 나오는 가장 친밀하고 자연스런 애정—이 가득 담긴 것을 비로소 발견했다. 이능은 자신과 친구를 구분하는 근본적인 것에 부딪쳐, 싫지만 자기 자신에 대한 어두운 회의에 쫓기지 않을 수 없었다.

소무를 만나고 돌아와 보니 마침 한나라의 사신이 도착

해 있었다. 무제의 죽음과 소제(昭帝)의 즉위를 알리고, 겸 사겸사 당분간 우호 관계를—항상 1년 이상 지속된 적도 없는 우호 관계였으나— 맺기 위한 평화의 사절이었다. 사 신들은 뜻밖에도 이능의 옛 고향 친구인 임립정(任立政)을 포함해 세 사람이었다.

그 해 2월에 무제가 죽고, 불과 여덟 살밖에 되지 않은 태자 불릉(弗陵)⁹⁶⁾이 대를 잇자마자 유조에 따라 시중 봉거 도위(奉車都尉) 곽광(霍光)⁹⁷⁾이 대사마대장군(大司馬大將 軍)⁹⁸⁾으로서 정무를 돕게 되었다. 곽광은 원래 이능과 친했 고, 좌장군(左將軍)⁹⁹⁾이 된 상관걸(上官桀)¹⁰⁰⁾ 또한 이능과 친구였다. 이 두 사람이 이능을 불러들이자는 의논을 했던 것이다. 이번 사신으로 이능의 친구가 뽑힌 것은 그 때문이 었다.

선우에 대한 사신의 예가 끝나고 성대한 주연이 열렸다. 여느 때라면 위율이 접대를 도맡아했지만, 이번에는 이능 의 친구가 왔다고 하여 그도 연회에 참여하게 되었다. 임립 정은 흉노의 대관들이 늘어선 자리에서 이능을 보고도 한 나라로 돌아가자는 말을 하지 못했다. 멀찍이 앉은 이능에 게 눈짓을 하며 자신의 도환(刀環)¹⁰¹⁾을 어루만져 암암리에 그 뜻을 전하려고 했다. 이능은 그것을 보았다. 상대가 전하려는 뜻도 거의 눈치챘다. 그러나 어떤 신호로 응답해야 할지 알 수 없었다.

공식적인 주연이 끝난 후, 이능과 위율 등만이 남아 술과 박희[102]로 한나라의 사신을 접대하게 되었다. 그때 임립정이 이능에게 말했다.

"한에서는 지금 대사면이 내려져 만민이 태평한 인정(仁政)을 즐기고 있다네. 새 황제가 아직 나이가 어려 자네의 옛 친구인 곽자맹(霍子孟)과 상관 소숙(少叔)이 주상을 보좌해 천하의 일을 관장하고 있다네."

임립정은 위율이 완전히 호인이 된 것으로 간주하고— 사실 그런 것과 다를 바 없었으나— 그의 앞에서는 분명하게 이능을 설득하지 못했다. 단지 곽광과 상관걸의 이름을 들어 이능의 마음을 끌려고 했다. 이능은 아무 대답도 하지 않았다. 잠시 임립정을 응시하다가 자신의 머리를 쓰다듬었다. 그의 머리도 이미 한나라의 머리 모양이 아니었다. 조금 지나서 위율이 옷을 갈아입기 위해 자리를 떴다. 비로소 격의 없는 말투로 임립정이 이능의 자(字)를 불렀다.

"소경(少卿)! 그동안 얼마나 고생했나. 곽자맹과 상관 소숙이 안부 전해 달라고 하더구만."

두 사람의 안부를 되묻는 이능의 서먹서먹한 말을 가로채기라도 하듯 임립정이 다시 말했다.

"소경, 돌아오게. 부귀 따위는 말할 게 못 되지 않은가. 제발 아무 말 하지 말고 돌아오게."

소무를 만나고 막 돌아온 이능도 친구의 간절한 말에 마음이 흔들리지 않는 바도 아니었다. 그러나 생각해 볼 것도 없이 그건 이미 어떻게도 할 수 없는 일이었다.

"돌아가는 것은 쉽지. 그렇지만 이제는 돌아간다 해도 수치를 당하는 일밖에 없지 않은가? 안 그런가?"

말하는 도중에 위율이 제자리로 돌아왔다. 두 사람은 입을 다물었다.

모임이 끝나고 헤어질 때, 임립정은 다른 사람들이 눈치채지 못하게 이능의 옆으로 다가와 낮은 목소리로 다시 한 번 물었다.

"결국 돌아갈 뜻이 없다는 건가?"

이능은 머리를 가로저으며 대답했다.

"사나이는 두 번 능욕 당할 수 없네."

그 말이 매우 힘이 없었던 것은 위율에게 들리는 것이

두려워서가 아니었다.

5년이 지났다. 소제(昭帝)의 시원(始元) 6년[103] 여름, 아무도 모르게 북방에서 굶어죽은 것으로 여겨졌던 소무가 우연히 한나라로 돌아가게 되었다. 한나라의 천자가 황실의 정원인 상림원(上林苑)[104]에서 잡은 기러기의 다리에 소무의 백서(帛書)[105]가 매여 있었다는 유명한 이야기는, 물론 소무의 죽음을 주장하는 선우를 설파하기 위해 조작된 이야기였다.

19년 전에 소무를 따라 호지에 온 상혜(常惠)라는 사람이 한나라의 관리를 만나 소무의 생존을 알리고 소문을 퍼뜨려 소무를 구출하도록 했던 것이다. 급히 북해 연안으로 사신이 달려가고, 소무는 선우의 뜰로 불려나오게 되었다. 이능의 마음은 동요되었다. 다시 한나라로 돌아갈 수 있든 없든 간에 소무의 위대함은 변함없었고, 또한 그것이 이능의 마음속 채찍인 것임에는 틀림없었다. 하늘은 역시 보고 있었다는 생각이 이능에게 큰 충격을 주었다.

보고 있지 않은 듯하면서도 역시 하늘은 보고 있었던 것이다. 그는 숙연한 두려움으로 떨었다. 지금도 자신의 과

거가 옳지 않았다고는 생각하지 않는다. 그러나 여기에 소무라는 남자의 존재가, 전혀 문제되지 않았던 자신의 과거를 부끄럽게 여기도록 하고, 그 흔적이 지금 천하에 널리 알려지게 되었다는 사실은 아무래도 큰 충격이었다. 가슴이 쥐어뜯기는 느낌이었다. 기개 없는 자신은 소무를 말할 수 없이 부러워하고 있었던 것이다. 이능은 몹시 두려움에 떨었다.

이별을 앞두고 이능은 벗을 위해 잔치를 베풀었다. 말하고 싶은 것은 산더미처럼 많았다. 그러나 결국 그것은 호군의 포로가 되었을 무렵 자신의 의지가 어디에 있었다고 하는 것과, 그 뜻을 이루기 전에 고국에 남아 있던 일족이 살육되어 이미 돌아갈 이유가 없어졌다는 내용 외에는 아무것도 없었다. 그것을 말하면 푸념이 되어 버린다. 그는 이에 관해 한 마디도 하지 않았다. 그저 잔치의 흥이 절정에 이르자 흥에 겨워 일어나 춤을 추며 노래를 불렀다.

徑萬里兮度沙漠(경만리혜도사막)

爲君將兮奮匈奴(위군장혜분흉노)

路窮絶兮矢刃摧(노궁절혜시인최)

士衆滅兮名已隤(사중멸혜명이퇴)

老母已死雖欲報恩將安歸 (노모이사수욕보은장안귀)

만리의 먼 길을 떠나 사막을 지나 장정의 군을 지휘해

천자의 장군으로서 흉노를 상대해 분전했다.

그러나 운이 다해 흉노의 대군에 포위되어

탈출할 길은 막히고 무기 또한 떨어져 버렸다.

부하 병사는 전멸하고, 나도 붙잡혀

무인의 명예도 땅에 떨어졌다.

그 은혜를 갚고자 하여 돌아가고 싶어도

늙은 어머니는 돌아가셔서 나는 돌아갈 곳이 없도다.

노래를 부르는 중에 목소리가 떨리고 눈물이 뺨을 타고 흘렀다. 기개 없는 자신을 타일러도 보았지만 어쩔 도리가 없었다.

소무는 19년 만에 조국으로 돌아갔다.

사마천은 그 후에도 부지런히 쓰고 있었다.

세속적인 삶을 포기한 그는 책 속의 인물로만 살아 있었다. 현실 생활에서는 두 번 다시 열리지 않던 그의 입이 전국시대에서 절개로 이름 높은 노중련(魯仲連)[106]의 혀끝을 빌려 비로소 뜨겁게 불을 토했다. 혹은 오왕 부차(夫差)의 신하였던 오자서(伍子胥)[107]가 되어 자신의 눈을 파냈고, 혹은 화씨(和氏)의 보옥으로 유명한 인상여(藺相如)[108]가 되어 진왕(秦王)을 질책하고, 혹은 역수(易水)의 이별로 유명한 연왕의 태자 단(丹)[109]이 되어 신하인 형가(刑軻)[110]를 보냈다. 초나라 굴원(屈原)[111]의 우국의 한을 서술하고, 미뤄(汨羅)[112]에 몸을 던지기 전에 만든 회사지부(懷沙之賦)[113]를 길게 인용했을 때, 사마천에게는 그 부(賦)가 마치 자기 자신의 작품인 양 느껴졌다.

원고를 쓰기 시작한 지 14년, 부형의 화를 만난 지 8년. 도성에서는 무고의 옥(巫蠱獄)[114]이 일어나 여태자(戾太子)가 비극의 주인공이 되었을 무렵, 부자 상전의 이 저술은 최초의 구상인 통사로 거의 완성되었다. 이것에 내용을 더하고, 문장을 다듬고 고쳐 쓰기를 거듭하면서 또 몇 년이 흘렀다. 《사기》 1백30권, 52만 6천5백 자가 완성된 것은 이미 무제의 붕어가 임박했을 무렵이었다.

《열전(列傳)》 제70(第七十) 〈태사공자서(太史公自序)〉를

다 쓰고 붓을 놓았을 때, 사마천은 책상에 기댄 채 망연자실했다. 가슴속 깊은 곳에서 한숨이 나왔다. 눈길은 마당에 있는 잎이 무성한 홰나무[115]를 향하고 있는데, 실은 아무것도 보지 않았다. 잘 들리지 않는 귀였으나 마당 어딘가에서 들려 오는 한 마리의 매미 소리에 귀를 기울이고 있는 듯했다. 완성에 대한 환희보다는 맥이 쭉 빠지고 막연한 쓸쓸함과 불안감이 엄습해 왔다.

완성한 저작을 관청에 제출하고, 아버지의 묘전에서 보고할 때까지는 그래도 여전히 긴장되었는데, 모든 것이 끝나자 갑자기 심한 허탈 상태에 빠지게 되었다. 신이 빠져나간 무당처럼 축 늘어졌다. 이제 겨우 육십을 갓 넘긴 그가 갑자기 10년도 더 늙어 보였다. 무제의 붕어도 소제의 즉위도 껍데기만 남은 옛 태사령 사마천에게는 이미 아무런 의미도 없는 듯이 보였다.

앞에서 말한 임립정 등이 호지에서 이능을 방문하고 도성으로 돌아왔을 때에는 이미 사마천은 이 세상 사람이 아니었다.

소무와 헤어진 후의 이능에 대해서는 무엇 하나 정확한

기록이 남아 있지 않았다. 원평(元平) 원년[116]에 호지에서 죽었다는 소식 외에는. 이미 그와 친했던 고록고선우는 죽었고 그의 아들 호연제선우(壺衍鞮單于)[117]의 대가 되었다. 그러나 즉위를 둘러싸고 좌현왕과 우록려왕의 내분[118]이 일어났다. 이에 대연지와 위율 등에 대항해 이능도 뜻하지 않은 분쟁에 가담했을 것으로 추측된다.

《한서》의 〈흉노전〉에는, 그 후 호지에서 태어난 이능의 아들이 오적도위(烏籍都尉)[119]를 선우로 세워 호한야선우(呼韓邪單于)[120]에 대항하다가 끝내 실패했다는 내용이 기록되어 있다. 선제(宣帝)[121]의 오봉(五鳳)[122] 2년의 일이므로, 이능이 죽은 지 18년째에 해당된다. 이능의 아들[123]이라 했을 뿐 이름은 기록이 없다.

산월기

1. **천보(天寶)** 당(唐)나라 현종(玄宗, 742-755)의 연호.

2. **농서(隴西)** 지금의 간쑤성(甘肅省) 농서현(隴西縣)의 서남부.

3. **강남현(江南縣)** 양쯔강(揚子江) 이남 지역.

4. **위(尉)** 현의 경찰 업무를 담당하는 관리.

5. **괵략(虢略)** 산시성(陝西省)의 지명.

6. **여수(汝水)** 지금의 여하(汝河).

7. **진군(陳郡)** 허난성(河南省) 동부에 있던 지명.

8. **감찰어사(監察御史)** 관리를 단속하고, 부역과 감옥의 감독을 위해 중앙
   에서 파견되어 각지를 순찰하는 관리.

9. **영남지방(領南地方)** 광둥(廣東) · 광시성(廣西省) 일대. 지금의 쫭족(壯族)
   자치구.

10. **상어(商於)** 허난성 서부에 있던 지명.

11. **장안(長安)** 당나라의 도읍. 지금의 산시성 시안(西安)의 옛 이름.

명인전

1. **한단(邯鄲)** 조(趙)나라의 도읍. 한단지보(邯鄲之步)의 고사로 유명하다.

2. **연각의 활(燕角弧)** 전국시대 연(燕)나라에서 잡은 짐승의 뿔로 만든 활.

3. **삭봉의 화살(朔蓬幹)** 북방에서 나는 쑥의 줄기로 만든 화살.

4. **화살과 화살이 이어져 마치 한 자루의 화살처럼** 〈發發相及矢矢相屬 《열자(列子)》의 중니편(仲尼篇)〉.

5. **오호의 활(烏號弓)** 오호는 명궁(名弓)의 별칭. 중국 고대의 황제(黃帝)가 용을 타고 승천할 때, 남아 있던 신하들이 황제가 떨어뜨린 활을 들고 호읍(號泣)했다는 고사에서 유래한 명칭이다. 일설에는 까마귀가 날려고 해도 날 수 없을 만큼 부드러운 뽕나무로 만든 활이라고도 한다.

6. **기위의 화살(綦衛矢)** 기위는 지명으로, 화살의 산지로 유명한 곳이다.

7. **환공(桓公)** 제(齊)나라 제15대 임금(기원전 685~643). 춘추오패(春秋五霸)의 필두. 관중(管仲)을 기용해 부국강병책을 실행한 것으로 유명하다.

8. **시황(始皇)** 중국 최초의 통일국가를 세운 진(秦)나라의 초대 황제(기원전 259~210). 만리장성의 축성과 분서갱유 사건으로 유명하다.

9. **온오(蘊奧)** 학문이나 기술 등의 이치가 지극히 깊다는 뜻이다.

10. **대항(大行)** 태항산(太行山)의 험한 산길. 태항산은 태항산맥의 주봉으로 지금의 산시성(山西省) 진성현(晋城縣) 남부에 있다.

11. **곽산(霍山)** 태악(太岳). 산시성 곽현(霍縣)의 동남부에 있는 산.

12. **잔도(栈道)** 절벽과 절벽을 잇는 다리.

13. **양간마근의 활(揚幹麻筋弓)** 갯버들 줄기에 마사(麻絲)를 감은 강한 활.

14. **석갈의 화살(石碣矢)** 월왕(越王)이 사용했다는 화살. 석갈의 원래 뜻은 둥근 비석이다.

15. **사지사(射之射)** 불사지사(不射之射)에 대응하는 말로, 불사지사가 화살이 없이 쏘아 표적을 떨어뜨리는 것에 비해, 사지사는 화살을 사용해 표적을 떨어뜨리는 것을 말한다.

16. **오칠의 활(五漆弓)** 검은 옻을 칠한 활.

17. **숙신의 화살(肅愼矢)** 숙신은 지린성(吉林省) 일대에 살던 이민족. 주(周)나라 무왕 때 특산물로 돌화살촉의 화살을 헌상했다고 한다.

18. **목우(木偶)** 나무 인형.

19. **예(羿)** 활의 명인. 중국 고대의 요제(堯帝) 때 10개의 태양이 나타나 사람들이 폭염에 시달리자, 9개의 태양을 활로 쏘아 떨어뜨려 백성을 구했다고 한다.

20. **양유기(養由基)** 춘추시대 초(楚)나라의 활의 명인. 1백 보 떨어진 곳에서 버드나무 잎을 쏘아 백발백중이었다고 한다.

21. **삼수(參宿)** 고대 중국이나 인도에서 사용하던 성좌인 28수(二十八宿)의 하나. 삼수는 서쪽에 있는 별자리로, 지금의 오리온자리의 삼성(三星) 부근을 말한다.

22. **천랑성(天狼星)** 지금의 큰개자리. 시리우스의 옛 이름.

23. **고담허정(枯淡虛靜)** 마음이 차분히 가라앉은 상태.

24. **무위(無爲)로 화(化)** 위정자가 정책·교육 등을 시행하지 않아도 스스로의 덕망에 의해 백성을 교화한다는 뜻. 그러나 이 경우는 활의 명인으로서의 기창의 행위를 묻는 것으로 '무위(無爲)'는 문자 그대로 아무것도 하지 않음을, '화(化)'는 사심을 품은 자들을 두려워하게 했음을 의미한다. 《사기》노담전(老聃傳).

제자

1. **중유(仲由, 기원전 543-480)** 자(字)는 자로(子路) 또는 계로(季路). 공자의 제자 중 연장자에 속하며, 성격이 거칠면서도 용감·솔직하고 공자

에게는 가장 헌신적이었다.

2. **공구(孔丘, 기원전 552-479)** 공구는 공자(孔子)를 이른다. 구(丘)는 이름. 자(字)는 중니(仲尼). 선현의 도를 대성해 유교의 시조가 되었다. 그의 언행은 《논어(論語)》 등에 기록되어 있고, 《서경(書經)》 《시경(詩經)》 《춘추(春秋)》 등을 편찬했다.

3. **남산(南山)** 장안(長安)의 남쪽에 있는 산.

4. **불혹(不惑)** '사십에는 모든 일에 현혹됨이 없었으며'의 뜻으로 '마흔 살'을 이르는 말이다. 〈吾十有五而志于學 三十而立 四十而不惑 五十而 知天命 六十而耳順 七十而從心所欲 不踰矩 《논어》 위정편(爲政篇)〉.

5. **옥백(玉帛)** 구슬을 보낼 때 곁들이는 천.

6. **종고(鐘鼓)** 종과 북 등의 악기.

7. **"예(禮)는 예를 말한다…… 종고(鐘鼓)를 말하지 않는다"** 형식보다 내용을 중시해야 하는 것을 말한다. 〈禮云禮云 玉帛云乎哉 樂云樂云 鐘鼓云乎哉 《논어》 양화편(陽貨篇)〉.

8. **'뛰어나게 지혜로운 사람과 어리석고 못난 사람'** 〈唯上智與 不愚 不移 《논어》 양화편〉.

9. **주공(周公, 기원전 11세기)** 주(周)나라의 문왕(文王)의 아들로 성은 희(姬), 이름은 단(旦). 형 무왕(武王)을 도와 은나라를 멸하고, 주왕조의 기초를 굳혔다. 예악·관혼상제의 의례를 제정하고 공자로부터 존중 받았다고 한다.

10. **양호(陽虎)** 양화(陽貨). 노(魯)나라의 권력자인 계평자(季平子)의 부하였으나, 그가 죽은 후 반란을 일으켜 한때 권력을 잡았다. 3년 만에 실각해 제(齊)나라로 망명했다.

11. **계손씨(季孫氏)** 맹손씨(孟孫氏)・숙손씨(叔孫氏)와 함께 삼환씨(三桓氏)로 불리던 노(魯)나라의 호족. 여기에서는 노나라의 대부였던 5대째의 계평자를 가리킨다. 권력을 장악해 소공(昭公)을 제(齊)나라로 축출했다.

12. **염유(冉有)** 이름은 구(求). 공자의 제자. 계씨의 집사로서 정치적 재능이 뛰어났다. 겸손하면서도 적극적인 성격의 소유자였다.

13. **〈남풍의 시(南風詩)〉** 순(舜)임금의 작품으로 알려진 오언시(五言詩). 효도(孝道), 천하통치의 도(道)와 백성의 부(富)를 위한 노래였다고 한다. 《공자가어(孔子家語)》南風之薰兮, 可以解吾民之慍兮, 南風之時兮, 可以阜吾民之財兮〉.

14. **자공(子貢, 기원전 520~460?)** 위(衛)나라 출신으로, 십철(十哲)의 한 사람이다. 성(姓)은 단목(端木), 이름은 사(賜)이며 자공은 자(字)이다. 문학과 웅변에 뛰어나고 정치와 경제에도 밝았다.

15. **"옛 성현의 가르침을 버리고……"** 《공자가어(孔子家語)》 4・6본(四・六本)〉.

16. **"이러니까 곤란합니다"** 〈有是哉 子之迂也《논어》 자로편〉.

17. **'말이 유창하고 일부러 표정을 부드럽게 하고……'** 원문과 일치하지 않음. 〈巧言令色足恭 在丘明恥之 丘亦恥之《논어》 공야장편(公冶長篇)〉.

18. **'살기 위해 인(仁)을 훼손하는 일 없이……'** 〈在士仁人 無求生以害仁 有殺身以成仁《논어》 위영공편(衛靈公篇)〉.

19. **'열정적인 사람은 지나치게 적극적으로……'** 〈狂者進取狷者有所不爲也《논어》 자로편〉.

20. **공경하는 마음이 있어도······** 《예기(禮記)》 중니연거(仲尼燕居)〉.

21. **신(信)을 좋아해도 학문을 좋아하지······** 공자가 자로에게 인(仁) ·
지(知) · 신(信) · 직(直) · 용(勇) · 강(剛)의 여섯 가지 덕에는 여섯 가지
의 폐단이 있으므로, 이는 학문으로서만 극복할 수 있음을 가르친 대
목의 일부분이다. 〈好信不好學 其蔽也賊 好直不好學 其蔽也絞《논
어》양화편〉.

22. **진(晉)나라의 위유(魏楡) 지방에서는······** 소공(昭公) 8년 봄에 일어
난 사건으로, 왕이 신하 사광(師曠)에게 그 이유를 물은즉, 사광은
"일을 행함에 시절에 맞지 않으므로 백성들 사이에서는 그에 대한
원성이 일어, 말을 할 리 없는 것이 말을 한다"고 대답했다고 한다.
《춘추좌씨전》 소공 8년〉.

23. **제(齊)나라의 한 왕은······** 제나라의 장공(莊公)이 최무자(崔武子 ·
崔杼)의 아내와 통정한 후, 병문안을 온 최무자를 죽였다. 《춘추좌씨
전》 양공(襄公) 25년〉.

24. **초(楚)나라에서는 왕족 가운데 한 사람이······** 초나라의 재상 공자
위(公子圍)가 자신의 생질인 왕의 병문안을 위장하고 왕궁에 들어가
갓끈으로 왕의 목을 졸라 죽였다. 〈公子圍室 入問王疾 縊而弑之《춘
추좌씨전》 소공 원년〉.

25. **오(吳)나라에서는 발목이 잘린 죄수들이······** 오나라의 왕 여제(余
祭)가 발목을 잘린 형을 받고 배를 지키는 일을 하고 있던 월(越)나라
의 포로들에게 죽임을 당했다. 《춘추좌씨전》 양공 29년〉.

26. **중도(中都)** 지금의 산둥성(山東省) 원상현(汶上縣)의 고을 이름.

27. **정공(定公, 기원전 509~495)** 소공(昭公)의 망명 후 계승한 노나라의

군주. 공자를 등용해 권력 회복을 꾀하나 실패해 실각했다.

28. **사공(司空)** 삼공(三空)의 하나로 오늘의 재무장관에 해당된다.

29. **대사구(大司寇)** 육관(六官)의 하나로 오늘의 법무장관에 해당된다.

30. **1백 치(雉)** 길이가 약 1킬로미터, 넓이가 약 5백 평 정도.

31. **공산불뉴(公山不狃)** 노나라의 계씨에게 속해 있던 비읍의 군수. 정공
    (定公) 13년에 반란을 일으켰으나 패해 제나라로 망명했다.

32. **경공(景公)** 이름은 저구(杵臼). 조세를 높이고 형벌을 무겁게 한 제나
    라의 군주.

33. **"봉황도 날아들지 않고……"** 봉황은 상상 속의 새. 하도(河圖)는 복
    희(伏羲)시대에 황하에서 나왔다고 하는 용마(龍馬)의 등 뒤에 나타난
    그림. 복희가 이로써 역괘(易卦)를 만들었다고 한다. 모두 성왕(聖王)
    의 출현을 알리는 길조이므로, 공자는 전설을 빌려 유능하고 명철한
    군주가 없는 난세를 한탄한 것이다. 〈鳳鳥不至 河不出圖 吾已矣夫
    《논어》 자한편〉.

34. **"아름다운 보석이 하나 있는데……"** 아름다운 보석은 공자를 가리
    킨다. 공자는 벼슬에 대한 희망은 갖고 있으나, 스스로 벼슬길을 찾
    아다니지는 않겠다는 뜻이다. 〈有美玉於斯 韞匵而藏諸 求善賈而沽
    諸, 子曰 沽之哉沽之哉 我待賈者也《논어》 자한편〉.

35. **'비록 거친 베옷을 입을 처지일지언정……'** 겉을 치장하지 않고,
    아름다운 마음을 갖는 것의 비유이다. 《《노자(老子)》》.

36. **민손(閔損)** 자는 자건(子騫). 안회(顔回)의 사후, 덕행으로는 공문 제일
    (孔門第一)의 인물로 일컬어진다. 공자에게 효행을 칭찬받기도 했다.
    《논어》 선진편(先進篇)〉.

37. **자하(子夏)** 성은 복(卜). 이름은 상(商). 위(魏)나라 문후(文侯)의 고문이 되었다. 《춘추》《시경》의 주석 등을 후대에 전하기도 했다.

38. **재여(宰予)** 자는 자아(子我). 통칭 재아(宰我). 예(禮)에 정통하고 달변가이나 공문에서는 다소 이단적인 성격의 사상가이다. 후에 묵자(墨子) 다음으로 실용주의의 선구자로 이름이 났다.

39. **공량유(公良孺)** 진(陳)나라 사람. 자는 자정(子正) 또는 자유(子幼).

40. **자고(子羔)** 고시(高柴). 5척이 채 안 되는 단신. 처음에는 위나라의 출공(出公)을 섬기나, 후에는 자로의 추천으로 비성(費城)의 성주가 되었다. 공자에게 우직한 사람으로 주목을 받았다. 《《논어》 선진편》.

41. **안회(顔回, 기원전 521-490)** 안연(顔淵). 자는 자연(子淵). 공자의 제자들 중에서 학문과 덕행이 가장 뛰어나 공자에게 많은 사랑을 받았다.

42. **자장(子張)** 성은 전손(顓孫), 이름은 사(師). 예(禮)와 제도사(制度史)의 전문가였으나 성의 없는 언동으로 공자에게 비판을 받기도 했다.

43. **"선생님은 마음에 없으면서……"** 공자는 지나치게 좋은 언변에 대해 거듭 주의를 주었다. 〈巧言令色 鮮矣仁 《논어》 학이편(學而篇)〉.

44. **"죽은 이가 지각이 있다고 하면……"** 자신의 현재 생활을 희생해 가면서까지 부모를 위해 성대한 장례식을 할 것이라는 뜻이다.

45. **"아직 삶에 대해서도……"** 〈未知生 焉知死 《논어》 선진편〉.

46. **남자(南子)** 위(衛)나라 영공(靈公)의 부인. 뛰어난 미모로 염문이 끊이지 않았다.

47. **북면 계수의 예(北面稽首禮)** 북면은 북을 향해 앉는 신하의 자리를 말하고, 계수는 앉아서 잠시 머리를 땅에 대고 절하는 것을 말한다. 신하로서 최고의 예.

48. **자로가 노골적으로 불쾌한 얼굴을 했다** 〈子見南子 子路不說 夫子矢
之日 子所否者 天厭之 天厭之 《논어》옹야편(雍也篇)〉.

49. **자약(子若)** 공문에는 자약이 두 사람 있어, 한 사람은 공자와 용모가
비슷해 공자의 사후 제자들이 그를 스승으로 불렀다고 한다. 다른
한 사람은 노나라 사람으로, 서경(書經)에 정통했다고 한다.

50. **"나는 아직 덕을 즐기기를⋯⋯"** 〈吾未見好德 如好色者也 《논어》
자한편(子罕篇)〉. 이 말은 위공(衛公)에 대한 것이 아니다.

51. **섭공(葉公) 자고(子高)** 초(楚)나라 섭현(葉縣)의 지사로 충신·현자로
알려져 공(公)으로 불렸다. 성은 심(沈), 이름은 제량(諸梁)이다.

52. **광(匡)** 읍의 이름. 한나라의 장원현(長垣縣)에 있었다는 설이 유력하
다. 일찍이 양호(陽虎)에게 공략을 받은 적이 있다. 공자의 용모가 양
호와 비슷해 사람들이 오해하고 습격했다고 한다. 《사기》.

53. **박(蒲)** 위나라에서 진나라로 들어가는 국경 지역. 이곳에서 군대의
습격을 받은 적이 있다.

54. **"새도 좋은 나무를 고른다⋯⋯"** 새는 자신들을 말하며, 나무는 나
라를 뜻한다. 《사기》 공자세가(孔子世家), 《공자가어(孔子家語)》 정론
해(正論解).

55. **"유, 나는 자네에게 말하겠네⋯⋯"** 원문과 일치하지 않음. 《공자
가어》 곤서(困誓).

56. **척(戚)** 무인들이 춤을 출 때 손에 드는 작은 도끼.

57. **진나라와 채나라의 대부가⋯⋯** 공자가 진(陳)나라와 채(蔡)나라의
땅에서 재난을 만난 사건으로, 군자나 현자도 때를 만나지 못하면 화
를 당한다는 비유로 쓰인다.

58. **"참으로 곤궁하다는 것은 ……"** 원문과 일치하지 않음. 《논어》위영공편, 《사기》공자세가, 《공자가어》곤서).

59. **풀을 흠뻑 적시고 있는 이슬은……** 〈湛湛露斯 匪陽不晞 厭厭夜飮 不醉無歸《시경》소아(小雅) 담로(湛露)〉.

60. **헌면(軒冕)** 고위 고관. 또는 대부(大夫) 이상의 관리가 타는 수레(軒)와 머리에 쓰는 관(冕)의 통칭.

61. **장저(長沮)와 걸익(桀溺)** 저(沮)는 습지, 익(溺)은 인간의 배설물, 장(長) 은 키가 큰 것, 걸(桀)은 몸이 살찐 것 등을 의미한다. 둘 다 농부 같은 가명(假名)을 쓴 것으로, 유명한 현자가 이름을 바꾸어 숨어 지낸 것 으로 추측된다. 《논어》미자편(微子篇).

62. **접여(接與)** 《논어》미자편에 나오는 인물. 〈초나라에서 광인 접여가 노래를 부르며 공자의 곁을 지나갔다. 봉황새야, 봉황새야! 어쩌다 가 네 덕이 쇠하게 되었니! 지난 일은 간언할 수 없으나 오는 일은 따 를 수 있으리니 그만둬라, 그만둬라! 벼슬길 좇다 위험해지겠도다 !〉 (여기서 봉황은 공자를 가리킴) 광인으로 위장하고 있던 은둔자 중의 한 사람으로 여겨진다. 일설에는 현자로서 명성이 높아 소공(昭公)의 부 름을 받았으나, 이를 피해 아미산(峨嵋山)에 숨어 살았다는 육통(陸 通)이라고도 한다.

63. **구구한 일신을 청결히 하고자……** 자신의 몸을 정결히 하는 것만 을 생각해 결국 인간이 걸어야 할 대의(大義)를 어지럽힌다는 뜻이 다. 《논어》미자편.

64. **"집이 열 채 정도밖에 없는……"** 〈十室之邑 必有忠信 如丘者焉 不如丘之好學也《논어》공야장편).

65. 송(宋) 춘추전국시대의 나라. 주(周)나라가 은나라를 멸한 후 주왕(紂王)의 형 미자(微子)가 유민들을 모아 선조에게 제사 올리는 것을 허용해 세우게 한 나라이다. 약소국이었으나 옛 문화의 계승에 대한 자부심이 있었다.

66. 중용(中庸) 유교에서 최고의 덕목으로 삼는 것으로, 한가운데에서 어느 한쪽으로도 치우치지 않는 것을 말한다. 〈中庸之爲德也 其至矣乎《논어》옹야편〉.

67. 영공(靈公) 진(陳)나라 임금. 재위 15년. 이름은 평국(平國).

68. 설야(泄冶) 설야(洩冶)라고도 한다. 진나라 영공의 대부(大夫). 영공이 공녕(孔寧) · 의행부(儀行父)와 더불어 하어숙(夏御叔)의 처인 하희(夏姬)와 통정한 후, 서로 하희의 속옷을 나눠 입고 조정에서 장난치는 것을 간했다가 공녕과 의행부에 의해 죽임을 당했다. 《춘추좌씨전》 선공(宣公) 9년〉.

69. 비간(比干) 은나라 주왕(紂王)의 숙부에 해당하는 왕족. 현자로서 주왕의 폭정을 심하게 비판하다가 처형되었다. 《사기》.

70. 주왕(紂王) 은나라 최후의 임금이다. 이름은 신(辛) 또는 수(受). 주색에 빠져 정무를 게을리하고 백성을 괴롭히던 폭군으로, 주나라 무왕(武王)의 침략으로 멸망했다. 걸왕(桀王)과 함께 대표적인 폭군으로 꼽힌다.

71. 소사(少師) 고대 중국의 관직 이름. 삼공(三公) 다음으로 높은 삼고(三孤) 중의 하나. 삼고에는 소사 · 소부(少傅) · 소보(少保)가 있다.

72. 시경에 백성에게 부정한…… 〈民之多辟無自立《시경(詩經)》대아(大雅) 판편(板篇)〉.

73. **사어(史魚)** 사추(史鰍). 위나라의 대부(大夫). 세습 역사관(歷史官)으로 주군 영공이 인재를 등용하지 않는 것을 죽음으로써 간했다.〈《논어》위영공편(衛靈公篇)〉.

74. **오(吳)** 주대(周代)에 태백(泰伯)이 세웠다. 양쯔강 하구지방을 점유하고 25대 759년 동안에 걸쳐 계속되다가 기원전 473년에 부차(夫差)가 월(越)의 구천(勾踐)에게 패해 멸망되었다.

75. **공윤(工尹) 상양(商陽)** 공윤은 공무를 담당하는 초(楚)나라의 관직명. 상양에 대한 고사(古事)는《예기》단궁하(檀弓下)에 기록되어 있다.

76. **기질(棄疾)** 초(楚)나라 평왕(平王)의 이름.

77. **휴척(休戚)** 행과 불행. 휴는 기쁨, 척은 슬픔이라는 뜻이다.

78. **죽음으로써 비로소 끝나는……** 인(仁)의 완성은 죽어서 비로소 끝난다는 뜻이다.〈仁以爲己任 不亦重乎 死而後己 不亦遠乎《논어》태백편(太伯篇)〉. 죽기까지 노력을 계속해야 한다는 뜻으로 쓰인다.

79. **목탁(木鐸)** 정치 · 사상의 선각자 또는 지도자. 원래는 관에서 인민에게 포고할 때 사용하는 나무로 된 방울을 말한다.〈天下之無道也久矣 天將以末子爲木鐸《논어》팔일편(八佾篇)〉.

80. **"하늘이 아직 나의 길을 멸하지……"**〈天之末喪斯文也 匡人 其如子何《논어》자한편〉.

81. **규각(圭角)** 성질이나 언동에 모가 나고 원만치 않음을 말한다. 규는 구슬, 각은 구슬의 각을 말한다.

82. **만종록(萬種錄)** 만종은 매우 많은 양의 곡물이라는 뜻으로, 여기서는 많은 녹봉을 말한다.

83. **정경(正卿) 공숙어(公叔圉)** 위나라의 대부. 영공의 딸을 부인으로 맞아

횡포가 많았으나, 공자는 그가 학문을 좋아하고 부하의 말에도 귀를 기울이는 등의 미덕이 있음을 변호하고 있다. 《논어》 공야장편). 정경은 상대부(上大夫)로서, 경(卿)과 같은 대우를 받았다. 춘추시대의 신분제도는 경→대부→사(士)→민(民)의 순이었다.

84. **"겸손하고 경건한 마음이 있으면……"** 원문과 일치하지 않음. 《공자가어》 치사(致思) · 《사기》 중니제자열전(仲尼弟子列傳).

85. **"피고나 원고 어느 한쪽의……"** 〈片言 可以折獄者 其由也與 子路 無宿諾《논어》 안연편(顏淵篇).

86. **애공(哀公)** 노나라 임금. 정공(定公)의 아들. 재위 15년 동안 몇 번이나 공자를 기용하려고 했으나, 그 뜻을 이루지 못했다.

87. **대야(大野)** 지금의 산둥성(山東省) 승현(勝縣)에 있는 넓은 습지.

88. **기린을 잡았을 무렵** 애공(哀公) 14년 봄, 서쪽으로 사냥을 나간 애공이 기린을 잡았는데 기린은 이미 죽어 있었다. 공자가 "나의 길도 끝에 다달았다"고 탄식하며 《춘추》의 편집에 착수했다 한다. 《춘추좌씨전》 애공 14년, 《사기》 공자세가).

89. **소주(小邾)** 산둥성 승현의 동남부에 있던 춘추시대의 나라. 전국시대에 초나라에 의해 멸망했다.

90. **역(射)** 소주의 영지였던 구역[句繹, 지금의 산둥성 추(鄒)현의 동남쪽]을 빼앗으려고 침략했다. 《춘추좌씨전》 애공 14년).

91. **그만큼 승낙한 것을 다음날로 미루는 일이 없는……** 주 84 참조.

92. **대국의 맹세** 노나라와의 약속이라는 뜻이다.

93. **진항(陳恒)** 제(齊)나라 사람. 관지(關止)와 함께 간공(簡公)을 섬겼으나 진씨를 축출하려는 관공(關公)을 살해하고 기원전 481년에 평공(平

公)을 옹립했다.

94. **"나도 대부의 말석을……"** 〈以吾從大夫之後 不敢不告也《논어》
헌문편(憲問篇)〉.

95. **위나라에서는 대들보였던……** 《춘추좌씨전》 애공 15년. 《사기》
위강숙세가(衛康叔世家) · 중니제자열전〉.

96. **주나라 소왕(昭王) 40년** 위나라에 내분이 일어났을 때, 주 왕조는 26
대 경왕(敬王) 40년(기원전408년)이었다.

97. **자로는 전신을 생선회같이 찢겨 죽었다** 그 후 괴외(蒯聵)는 위후(莊公)
가 되고, 공회(孔悝)는 백희와 함께 송나라로 망명했다. 첩(輒)은 난영
과 함께 노나라로 망명했다.

98. **"시(柴)는 무사히 돌아오겠구나……"** 자고(子羔). 《사기》 위강숙세
가 중니제자열전, 《춘추좌씨전》 애공 15년〉.

99. **저립명목(佇立暝目)** 눈을 감고 우두커니 서 있다.

100. **소금절임** 고대 중국 형벌의 하나[醢]로 죽은 사체를 소금절임하는
것을 말한다.

이능(李陵)

1. **기도위(騎都尉)** 군무(軍務)와 시종(侍從)을 담당하는 관직명. 무제가 이
능을 임명한 것이 최초이다.

2. **차로장(遮虜鄣)** 거연성(居延城). 태초(太初) 3년(기원전 102년)에 노박덕(路
博德)이 거연(居延)에 세운 성채(城砦)를 말한다.

3. **준계산(浚稽山)** 외몽고와의 국경인 캘커 강의 서쪽에 있는 산.

4. **흉노(匈奴)** 기원전 5세기에서 3세기에 걸쳐 중국 북방의 고원에 살던 유목 기마민족. 우두머리를 선우(單于)라 칭하고, 몽고를 중심으로 대제국을 건설해 자주 한나라와 항쟁했다. 내란에 의해 분열을 거듭하다가 후한시대에 멸망했다.

5. **대장군(大將軍)** 전군(全軍)을 통솔하는 무관의 명칭. 전국시대에 시작되어 한나라에 계승되었다.

6. **위청(衛靑, 기원전 ?-106)** 평양(平陽) 사람. 자(字)는 중향(仲鄕). 무제에게 총애를 받던 위자부(衛子夫)의 형으로, 원광(元光) 연간에 흉노를 토벌한 공으로 장평후(長平侯)에 봉해졌다. 다시 원삭(元朔) 연간에 흉노의 우현왕(右賢王)의 군대를 이긴 공로로 대장군이 되었다.

7. **표기장군(驃騎將軍) 곽거병(霍去病)** 평양 사람. 위청의 조카로, 몇 차례에 걸쳐 흉노를 격퇴한 용장(勇將)이다. 표기장군은 용맹스럽고 민첩한 사람을 일컫는 한대(漢代) 장군의 명칭이다.

8. **원수(元狩)** 무제의 연호(기원전 122-117).

9. **원정(元鼎)** 무제의 연호(기원전 116-111).

10. **착야후(浞野侯) 조파노(趙破奴)** 구원(九原) 출신. 흉노의 누란왕(樓蘭王)을 생포한 공로로 착야후에 봉해졌다. 후에 다시 흉노를 정벌하려다 실패해 포로로 지내다가 흉노의 태자와 함께 도망쳤다. 무고(巫蠱)의 죄로 일족과 함께 처형되었다.

11. **광록훈(光祿勳) 서자위(徐自爲)** 태초(太初) 3년(기원전 102년)에 오원(五原)의 성채로부터 수백 리의 외방에 성채와 망루를 건축한 인물이다. 광록훈은 궁중 정문의 좌우문을 숙직하며 경비하는 관직명이다.

12. **이사장군(貳師將軍) 이광리(李廣利)** 이광리는 무제 비(妃)의 오라비로

태초 원년에 대완국(大宛國)을 정벌해 공을 세웠다. 그 후 흉노와 싸우다가 패해 포로가 되어 선우에게 살해되었다. 이사는 대완국의 별칭으로, 이사장군은 대완국에 원정한 장군이라는 뜻이다.

13. **주천(酒泉)** 간쑤성(甘肅省) 주천현(酒泉縣)의 북동쪽에 있던 지명. 장액(張掖)과 함께 하서회랑사군(河西回廊四君)의 하나이다.

14. **우현왕(右賢王)** 좌현왕(左賢王), 좌우의 녹려왕(谷蠡王)과 함께 흉노의 4대 귀족 가운데 하나이다. 황태자에 해당하는 좌현왕 다음으로 선우가 될 자격을 갖는다. 흉노의 서부(西部)인 우부(右部)를 통치하고, 전시에는 사령관으로서 출진했다.

15. **천산(天山)** 천산산맥. 파미르 고원 북쪽에서 중국 신장위구르(新疆維吾爾) 자치구를 동으로 뻗어 몽고 인민공화국과의 국경 가까이까지 이어지는 산맥. 이 산맥의 남북으로 고대 실크로드가 지나고 있다.

16. **미앙궁(未央宮)** 한의 고조(高祖)가 소하(蕭何)에게 명하여 장안(長安)의 용수산(龍首山)에 세우게 한 궁전.

17. **비장군(飛將軍) 이광(李廣, 기원전 ?-119)** 궁술에 뛰어나 활을 쏘아 돌을 꿰뚫었다는 등의 일화가 많다. 여러 번 흉노를 쳐서 공을 세웠으나, 후에 위청을 좇아 출진한 흉노와의 싸움에서 많은 병사를 잃은 책임으로 스스로 목숨을 끊었다. 비장군은 사격의 명수라는 뜻으로 흉노에 의해 붙여진 이름이다.

18. **형초(荊楚)** 형(荊)은 고대 중국을 아홉으로 나눈 주(州) 중의 하나. 초(楚)는 그 지역에 있던 춘추전국시대의 국명이다. 지금의 후난(湖南)·후베이(湖北省) 일대이다.

19. **강노도위(彊弩都尉) 노박덕(路博德)** 산시성(山西省) 사람. 우북평(右北

郡)의 대수(大守)로서 곽거병을 쫓아 출전했으나, 강노도위로 좌천되어 거연에 주둔하다 이곳에서 몰살을 당했다. 강노도위는 한의 부대장을 부르는 칭호로, 힘이 센 활과 같다는 뜻이다.

20. **비리후(邸離侯)** 비리는 변경이라는 뜻으로, 한나라의 제후 가운데 하나이다.

21. **복파장군(伏波將軍)** 한나라 무제 때부터 시작한 장군의 칭호로, 수군(水軍)을 이끌며, 그 위력으로 풍파를 가라앉힌다는 뜻이다.

22. **용륵수(龍勒水)** 외몽고의 서부에 있는 강.

23. **수항성(受降城)** 무제가 인우장군(因杅將軍) 공손오(公孫敖)에게 명하여 태초 원년(기원전 104년)에 구원(九原)의 북쪽에 세운 성.

24. **호지(胡地)** 중국의 북방에 있던 이민족 호이(胡夷)의 세력하에 있는 토지. 여기서는 흉노를 말한다.

25. **용주(庸主)** 극히 평범한 군주.

26. **양제(煬帝, 569-618)** 수(隨)나라 제2대 황제로, 수나라를 세운 문제(文帝)의 둘째 아들이다. 사치스러운 성격에 화려한 궁전 건축과 무리한 운하 건설 등으로 백성들의 원성을 샀다. 고구려 원정에 실패해 세력을 잃고, 역신의 모반으로 살해 당했다.

27. **옥문관(玉門關)** 소방반성(小方盤城). 서역(西域)과의 경계를 이루던 요새로서 간쑤성 돈황현(敦煌縣)의 서쪽에 있는 관문을 말한다.

28. **인우장군(因杅將軍) 공손오(公孫敖)** 의거(義渠) 사람. 자주 외정을 나가고, 수항성을 건축한 공이 있으나, 패전에 대한 책임을 지고 투옥되기도 했다. 부인이 주술로 사람을 해쳤다는 의혹을 받아 일족과 함께 처형되었다. 인우는 호지의 지명으로, 그곳을 정벌했다는 뜻으로

붙여진 칭호이다.

29. **하남(河南)** 북쪽과 서쪽은 황하, 남쪽은 만리장성에 접한 고원지대로, 고대부터 한민족과 북방민족 사이에서 쟁탈의 표적이 되었다.

30. **교위(校尉) 한연년(韓延年)** 월국(越國)을 정벌한 공이 있는 아버지 한천추(韓千秋)의 뒤를 이어 성안후(成安侯)에 봉해졌다. 교위는 장군 바로 아래의 무관으로 원래는 궁전의 수비를 맡고 있었다.

31. **호가(胡笳)** 북방의 호인들이 즐겨 썼다는, 갈대잎으로 만든 피리.

32. **낭(郞)** 중앙 관청의 중급 관리. 천자의 가까이서 시중을 드는 낭관(郎官), 궁중의 방위를 담당하는 낭장(郎將) 등이 있다.

33. **이채(李蔡)** 성기(成紀) 사람. 경거장군(輕車將軍)으로 대장군을 좇아 흉노 정벌을 나가 공을 세워 낙안후(樂安侯)에 봉해졌다. 승상에도 임명되지만, 법을 어겼다 하여 원수(元狩) 6년(기원전 117년)에 자살했다.

34. **청적(靑翟)** 장청적(莊靑翟). 무강후(武彊侯). 사마천(司馬遷)은 승상이 되었으나 단지 자리를 지키고 있을 뿐이라고 평했다. 원정 2년(기원전 115년)에 죄를 지어 자살했다.

35. **조주(趙周)** 고능후(高陵侯). 승상의 자리에까지 올랐지만 원성 5년(기원전112년) 가을의 종묘제례시에 예법을 어겼다 하여 면직되었다. 옥사(獄死).

36. **공손하(公孫賀)** 의거 사람. 자(字)는 자숙(子叔). 무제가 즉위한 지 17년 후에 기장군(騎將軍)으로서 흉노를 토벌해 공을 세워 남교후(南窌侯)에 봉해졌다. 후에 승상이 되었지만, 무고의 죄에 연루되어 일족과 함께 처형되었다.

37. **급암(汲黯, 기원전?-112)** 하남성의 복양(濮陽) 사람. 자(字)는 장유(長孺).

무제에게 수차례 간언을 해 미움을 샀지만, 용맹하고 의협심이 많아 제후의 감독관으로 구경(九卿)에 준하는 주작도위(主爵都尉)에까지 올랐다.

38. 정위(廷尉) 진(秦)·한(漢)대의 관명으로 주로 형벌을 관장했다.

39. 어사대부(御史大夫) 어사는 천자 가까이에서 법률을 관장하고, 관리의 비리를 감찰·규탄하는 관리. 대부는 지금의 장관급이다.

40. 두주(杜周) 남양군(南陽郡) 사람. 가혹한 태도로 재판에 임해 죄인들에게 두려움의 대상이 되었다. 후에 어사대부에 오르지만 사마천은 혹리(酷吏)로 평했다. 《사기(史記)》.

41. 태상(太常) 종묘·예법 등을 관장하는 관리.

42. 조제(趙弟) 이사장군 이광리를 따라 대완정벌에 출전해 수훈을 세워 신치후(新畤侯)에 봉해졌다. 후에 태상의 자리에 오르지만, 죄를 얻어 처형되었다.

43. 이감(李敢) 이광의 셋째 아들이자 이능의 숙부. 흉노 정벌에 공을 세워 낭중령(郎中令)이 되지만, 대장군 위청을 능욕했다 하여 곽거병에게 사살되었다.

44. 하대부(下大夫) 대부는 중국 고대의 관리로서 경(卿)과 사(士)의 중간이다. 제후의 가로(家老). 하대부는 대부의 하위관리이다.

45. 전구보처자의 신하(全軀保妻子臣) 자신의 신변 안전과 처자를 양육하는 것만을 생각해 주군에게 아첨하는 신하.

46. 태사령(太史令) 사마천(司馬遷, 기원전 145?-86?) 역사가. 자(字)는 자장(子長). 아버지 사마담(司馬談)의 뒤를 이어 태사령이 되어 《사기》를 집필했다. 이능을 변호하다가 궁형에 처해지나, 계속해 130권의 대

작을 저술했다. 태사는 시대의 기록·천문·역법 등을 담당하는 관리이다. 영(令)은 지금의 장관급이다.

47. 엄인(閹人) 궁형을 당한 후 궁중에서 일하는 사람.

48. 환관(宦官) 거세를 당한 남자로서 후궁을 돌보는 사람.

49. 《사기(史記)》 사마천의 역사서. 총 130권으로, 상고(上古)의 황제(黃帝)에서 무제(武帝)에 이르기까지를 기전체(紀傳體)로 서술한 통사(通史)이다. 이로써 중국 역사 서술의 전통적 형식을 구축했다.

50. 건원(建元) 무제의 연호(기원전 140~135).

51. 유(儒)·묵(墨)·법(法)·명(名) 유는 유학으로서, 공자의 가르침을 중심으로 인의예절(仁義禮節)의 도덕을 강조했다. 묵은 묵가(墨家)로서, 춘추시대의 사상가인 묵자의 가르침을 신봉하는 일파이다. 무차별적인 박애와 평화·반전(反戰)을 주장해 유교에 필적하는 세력으로 성장했다. 법은 법가(法家)로서, 전국시대의 제자백가(諸子百家)의 하나로 천하를 다스리는 것을 주요 관심으로 두고 법에 의한 법치주의와 신상필벌(信賞必罰)과 부국강병책을 주장했다. 관자(管子)·한비자(韓非子) 등이 대표 인물이다. 명은 명가(名家)로서, 제자백가의 하나로 논리학적으로 이름(말)과 실체의 관계를 분명히 하려고 했다. 공손룡(工孫龍)이 대표적인 인물이다.

52. 원봉(元封) 원년(元年) 기원전 110년. 원봉은 무제의 연호.

53. 태초(太初) 원년 기원전 104년. 태초는 무제의 연호.

54. 《춘추(春秋)》 역사서. 오경(五經)의 하나. 노(魯)나라의 사관에 의해 저술된 것을 공자가 가필·편찬해 정사선악(正邪善惡)을 분명히 했다고 한다. 은공(隱公)에서 애공(哀公)에 이르기까지 242년 동안의 12공

의 사적과 사건을 편년체로 기술한 연대기이다.

55. 《좌전(左傳)》《춘추좌씨전(春秋左氏傳)》의 약칭. 《춘추》의 해설서로서, 전 30권이다. 노나라 좌구명(左丘明)의 작품이다.

56. 《국어(國語)》《좌씨전》에 누락된 춘추시대의 역사를 상술한 역사서. 《좌씨전》《춘추내전》에 대하여 《춘추외전》이라고 한다.

57. 술이부작(述而不作) 선인의 학설을 조술(祖述)은 해도 새로운 학설을 만들지는 않겠다는 뜻. 《《논어》술이편(述而篇)》.

58. 5대(五代) 고조(高祖)·혜제(惠帝)·문제(文帝)·경제(景帝)·무제(武帝)를 말한다.

59. 〈오제본기(五帝本紀)〉 중국 고대의 다섯 명의 성왕(聖王)인 황제(黃帝)·전욱(顓頊)·제곡(帝嚳)·당요(唐堯)·우순(虞舜)의 사적을 기록한 《사기》의 편명(篇名)이다.

60. 〈하은주진본기(夏殷周秦本紀)〉 하(夏)·은(殷)·주(周)·진(秦)의 네 왕조(四王朝)의 기록이다.

61. 〈항우본기(項羽本紀)〉 항우(기원전 232-203)는 유방(劉邦, 한고조)과 함께 진나라를 멸하고 '서초(西楚)의 패왕'이라 불렸으나, 후에 유방과 싸워 해하(垓下)에서 패해 자살했다. 이것은 그 기록을 말한다.

62. "항왕(項王)은 밤에 잠에서 깨어나……" 항우가 해하에서 한나라의 대군에 포위되어 '사면초가(四面楚歌)'가 된 것을 듣고 이를 슬퍼해 읊은 시이다.

63. 장왕(莊王, 기원전 ?-591) 초(楚)나라 제22대 왕. 즉위 후 3년 동안 아무것도 하는 일 없이 주야로 주색잡기에 탐닉하다가, 신하의 간언을 듣고 정무에 힘을 써 국력을 길러 중국의 남부를 제패했다.

64. **번쾌(樊噲, 기원전 ?-189)** 한나라의 무장(武將). 하층민의 출신으로 무훈(武勳)을 세웠다. 특히 기원전 206년 항우와 가졌던 홍문회(鴻門會)에서는 고조 패왕(沛王)을 위기에서 구하여 후에 무양후(舞陽侯)에 봉해졌다.

65. **범증(范增, 기원전 ?-204)** 항우의 참모. 홍문회에서 패왕(沛王)을 칠 것을 제안했지만, 받아들여지지 않아 항우와 결별했다.

66. **붕당비주(朋黨比周)** 주의(主義)와 이해가 일치하는 사람들끼리 모임을 만들어 서로 돕고 하는 일.

67. **거열형(車裂刑)** 형벌의 하나로 사지를 두 대의 수레에 매어 좌우로 수레를 끌어 신체를 찢어 죽이는 벌.

68. **지해(肢解)** 수족을 자르는 형벌.

69. **요참(腰斬)** 허리를 자르는 형벌.

70. **중서령(中書令)** 궁중의 문서나 천자의 칙서 등을 관장하는 부서의 장관이다.

71. **출척(黜陟)** 무능한 사람을 축출하고 유능한 사람을 등용하는 것을 말한다.

72. **차제후선우(且鞮侯單于)** 흉노의 왕. 좌대도위(左大都尉)였으나 형이 죽은 후 태초 4년(기원전 101년)에 선우가 되었다. 재위 5년.

73. **구리호선우(胸犂胡單于)** 구리후(胸犂侯)라고도 하며 흉노의 왕이다. 오유선우(烏維單于)의 아들로 우현왕이었다. 태초 3년 오유선우의 어린 선우가 죽은 뒤 즉위했다.

74. **궁려(穹廬)** 유목민의 주거. 지금의 파오 같은 모양의 둥근 천막이다.

75. **정령족(丁靈族)의 왕** 정령족은 기원전 5세기경부터 기원전 3세기경

까지 바이칼 호수에서 남시베리아 일대에 살던 터키계 유목민족의 하나를 말한다. 한대에는 흉노의 지배 하에 있었으나 후에 독립했는데, 그 통치자를 말한다.

76. **협률도위(協律都尉) 이연년(李延年)** 이연년은 이부인(李夫人)의 오라비로 음악적 재능이 있었다. 이부인이 죽은 후 무제의 노여움을 사 살해되었다. 협률도위는 음악을 관장하는 부서의 장관을 말한다.

77. **대군(大郡)** 허베이성(河北省) 울현(蔚縣)의 북동부.

78. **상군(上郡)** 산시성(陝西省)의 북부.

79. **안문(雁門)** 산시성(山西省) 대현(代縣)의 서북부.

80. **유격장군(游擊將軍) 한열(韓說)** 한나라 대장군 위청의 휘하에서 흉노를 정벌하는 데 큰 공을 세운 인물. 유격장군으로서 오원(五原) 밖에 주둔하고 있었다. 무고의 죄에 연루되어 여태자(戾太子)에게 살해되었다. 유격장군은 무장에게 주어지는 칭호의 하나이다.

81. **감천궁(甘泉宮)** 운양궁(雲陽宮). 임광궁(林光宮). 산시성 양북현(涼北縣)의 감천산에 있던 궁전. 진나라의 별궁(別宮)을 한나라의 무제가 증개축한 것이다.

82. **이서(李緒)** 《한서(漢書)》의 이능전.

83. **새외도위(塞外都尉)** 변방에 수비를 맡는 부대의 우두머리.

84. **대연지(大閼氏)** 흉노의 황태후. 연지는 선우나 귀족의 부인을 일컫는 말이다.

85. **두함산(兜銜山)** 여오수(余吾水)에서 북쪽으로 6, 7천 리쯤 떨어진 산.

86. **우교왕(右校王)** 교(校)는 나무로 만든 울타리라는 뜻으로, 궁중의 경비와 방위를 맡는 관직이다. 한나라에 전·후·좌·우·중의 오교

(五校)가 있었는데 흉노가 이를 모방한 것이다.

87. **태시(太始) 원년** 무제의 연호(기원전 96년).

88. **고록고선우(孤鹿姑單于)** 차제후선우의 맏아들. 재위23년.

89. **제하(諸夏)** 각 변방의 미개한 이민족에 대해 중국 국내의 제후들이
다스리는 나라들의 총칭이다.

90. **중랑장(中郎將) 소무(蘇武, 기원전 139?-60)** 자(字)는 자경(子卿). 흉노
에 사신으로 갔다가 억류되었는데, 19년 동안 절개를 굽히지 않은
것으로 유명한 인물이다. 중랑장은 숙직하며 궁중을 지키는 무관의
장관이다.

91. **《한서(漢書)》** 중국 24개 사서 중의 하나. 전한서(前漢書), 또는 서한서
(西漢書)라고도 한다. 전한의 역사를 기록한 기전체의 사서. 후한의
반고(班固)의 작품이다. 총 120권.

92. **시중(侍中)** 천자를 좌우에서 보좌하며 정무를 진상하는 역할이다.

93. **양릉(陽陵)** 산시성의 장안 가까이에 있던 묘역.

94. **고차수(姑且水)** 질거수(郅居水)와 함께 시베리아의 북쪽으로 흘러 바
이칼 호수로 들어갔다.

95. **절모(節旄)** 천자가 자신의 사신에게 내리는 표지(標識)의 기(旗). 사절
기(使節旗)라고도 한다.

96. **불릉(弗陵)** 무제의 여섯 번째 아들로, 무제의 뒤를 이른 소제(昭帝).
재위 13년.

97. **곽광(霍光, 기원전 ?~68)** 자(字)는 자맹(子孟). 곽거병의 이복 형제이다.
무제에게 봉거도위(奉車都尉)로 임명 받고, 후에 대사마대장군에 올
랐다.

98. **대사마대장군(大司馬大將軍)** 군사를 관장하는 삼공(三公) 가운데 하나이다.

99. **좌장군(左將軍)** 장군의 하나이다. 전후(前後)·좌우(左右)·거기(車騎)·표기(驃騎) 등의 칭호가 있다.

100. **상관걸(上官桀)** 자(字)는 소숙(少叔). 곽광과 함께 소제를 보좌해 안양후(安陽侯)에 임명되었다.

101. **도환(刀還)** 칼자루 끝에 붙이는 쇠붙이. 환(環)은 환(還)과 같은 음으로, 돌아간다는 뜻이다.

102. **박희(博戲)** 반상 위에 말을 늘어놓고 6개의 주사위를 던져 나온 수만큼 말을 진행시켜 상대의 진(陣)을 빼앗는 놀이.

103. **시원(始元) 6년** 기원전 81년. 시원은 소제의 연호.

104. **상림원(上林苑)** 산시성의 서부에 있던 황실의 정원.

105. **백서(帛書)** 비단에 쓴 서간.

106. **노중련(魯仲連)** 전국시대의 제나라 사람으로, 고매한 절개를 가진 웅변가이다. 진나라 대군이 조(趙)나라의 도읍을 포위했을 때, 정의를 강조하여 진나라의 세력을 두려워하던 위(魏)나라의 타협 정책을 변경시켰다. 《사기》노중련·추양열전(鄒陽列傳)》

107. **오자서(伍子胥)** 오왕(吳王) 부차(夫差)의 가신. 초나라의 명문가 출신이나, 아버지와 형이 평왕에게 살해된 후 오나라로 망명했다. 오와 월(越)이 전쟁할 때 월왕 구천(勾踐)과의 화목에 반대했으나, 그 뜻이 받아들여지지 않자 자살했다. 《사기》오자서열전(伍子胥列傳)》.

108. **인상여(藺相如)** 조나라 혜문왕(惠文王)의 신하. 염파(廉頗)와 더불어 조나라의 흥륭에 힘썼다. 화씨(和氏)의 보옥을 가지고 사신으로 가

서 진나라의 소양왕(昭襄王)을 우롱한 이야기로 유명하다. 《사기》
염파 · 인상여열전).

109. 단(丹) 전국시대 연왕(燕王)의 태자. 진나라에 인질로 잡혀갔다가 도
망친 다음, 이를 보복하기 위해 신하인 형가(荊軻)를 보냈다. 그러나
실패해 연왕에게 참수 당했다. 《사기》 형가열전).

110. 형가(荊軻, 기원전 ?-227) 태자 단의 명령으로 진의 도읍인 함양(咸陽)에
잠입해 진왕의 암살을 기도하지만, 실패해 살해되었다. 단과의 역수(易
水)의 이별은 유명하다.

111. 굴원(屈原, 기원전 332-295) 시인. 정치가. 왕족으로서 회왕(懷王) ·
경양왕(頃襄王)을 섬겼지만, 참소에 의해 강남(江南)으로 유배되어
미뤄강에 투신했다.

112. 미뤄(汨羅) 후난성(湖南省)의 북부를 흐르는 강.

113. 〈회사지부(懷沙之賦)〉 굴원이 미뤄강에 투신할 때 우국의 한을 읊은
시. 《초사(楚辭)》 · 《사기》

114. 무고의 옥(巫蠱獄) 정화(征和) 2년(기원전 91년)에 궁정 내의 음모로 일
어난 내란이다. '무고' 란 오동나무로 만든 인형을 흙 속에 묻고 사
람을 저주해 죽게 한다는 주술이다. 강충(江充)이라는 책사의 무고
(誣告)로 죄가 없는 많은 사람들이 죽임을 당했다. 이에 무제의 장자
인 여태자가 강충을 처단했으며, 이로 인해 태자의 어머니 위황후
(衛皇后)도 살해되었다.

115. 홰나무(槐樹) 콩나무과의 낙엽교목. 주대(周代)에 조정의 뜰에 홰나
무 세 그루를 심어 삼공(三公)의 자리를 표시했다.

116. 원평(元平) 원년 기원전 71년. 원평은 소제의 연호.

117. **호연제선우(壺衍鞮單于)** 흉노의 왕. 고록고선우의 아들이다. 시원(始元) 연간에 선우에 즉위했지만 나이가 어려 통솔력이 부족해 내란이 끊이지 않았다. 위율(衛律)이 한나라와 화친을 꾀하여 소무 등을 한나라로 돌려보냈다.

118. **좌현왕과 우록려왕의 내분** 고록고선우가 임종시에 자신의 아들인 좌록려왕이 너무 어리므로 동생인 우록려왕을 즉위시키도록 유언했다. 그러나 어머니 전거연지(顓渠閼氏)가 위율과 짜고 좌록려왕을 호연제선우로 세웠다. 이에 좌현왕과 우록려왕이 함께 불만을 품고 선우에 대항했다. 《《한서(漢書)》흉노전》.

119. **오적도위(烏籍都尉)** 흉노에 난립했던 다섯 선우 중의 하나. 도위의 신분으로 선우를 자칭하다 호한야선우(呼韓邪單于)에게 살해되었다.

120. **호한야선우(呼韓邪單于)** 기원전 58년에 즉위했다. 악연구제선우(握衍朐鞮單于)를 멸망시키고, 한나라의 선제(宣帝)와 화친을 청해 그 힘으로 흉노를 통일했다. 한나라의 공주 대신 시집을 온 왕소군(王昭君)을 비(明妃)로 맞아들였다.

121. **선제(宣帝)** 유순(劉詢). 제9대 황제로, 여태자의 손자이다.

121. **오봉(五鳳) 2년** 기원전 57년. 오봉은 선제의 연호.

123. **이능의 아들** 〈是時李陵子復立 烏籍都尉爲單于 呼韓邪單于捕斬之 《한서》흉노전〉.

열기에 휩싸였던 감동적인 만남

명진숙

　제2차 세계대전이 막바지에 치닫고 있던 1940년대의 일본 문단에는 순수문학을 통해 전쟁에 저항하는 작가가 드물었다. 나카지마 아쓰시는 많지 않은 저항작가 가운데 한 사람으로, 1942년 《문학계(文學界)》 2월호에 〈고담(古譚)〉, 5월호에 〈빛과 바람과 꿈(光と風と夢)〉을 발표해 문단에서 주목을 받게 되었다.

　그러나 그가 남긴 작품의 가치가 독자들에게 인정을 받게 되는 것은 전쟁이 끝난, 그가 작고한 후의 일이다. 이는 당시 시대적 상황을 그런 시각으로 관찰하려는 독자가 적었다는 것을 의미하기도 한다. 이것은 침략 전쟁을 주도하던 당시의 일본으로서는 어쩌면 너무나 당연한 일이었는지도 모른다.

　그는 미완성까지 포함해 20편이 채 안 되는 작품을 남겼다. 그의 작품에 나타나는 공통된 주제는 지식인의 문제라고 할 수 있겠다. 자의식의 과잉으로 괴로워하는 모습과, 그로부터 탈출을 시도하는 모습은 그의 작품 속 주인공들에게서 나타나는 공통점이다. 특히 작자 자신을 역사 속의 인물에 투영시켜, 전쟁이라는 난세를 살아가는 불안과 체념 등 고뇌하는 자신의 내면을 묘사하고 있는 부분은 바로 그를 '무한한 가능성을 지닌 채 요절한 천재 작가'라고 부르게 된 결정적인 요인이라 하겠다.

　나카지마의 작품은 소재에 의해 세 종류로 구분된다. 첫째는 〈산월기(山月記)〉처럼 중국의 고전에서 소재를 얻은 작품군이다. 둘째는 〈빛과 바람과 꿈〉으로 대표되는 남양(南洋)을 소재로 한 이야기들이고, 셋째는 〈두남 선생(斗南先生)〉, 〈카멜레온 일기(かめれおん日記)〉 등, 작자 자신의 신변에서 일어

난 일들을 소재로 한 생활 기록이다.

이 책은 중국 고전을 소재로 한 작품을 엮은 신조사(新潮社)의 〈신조문고(新潮文庫)〉《이능(李陵)·산월기》를 원본으로 삼아 번역했다.

나카지마가 중국 고전과 인연을 맺게 된 것은 우연한 일이 아니다. 그의 조부는 한학자로 알려진 나카지마 부잔(中島撫山)이고, 아버지 다비조(田人)는 중학교의 한문 교사였다. 숙부들도 모두 한학자 또는 중국학 학자로 어릴 적부터 친숙했던 한학의 전통이 그의 문학적 소양의 기반이 되고, 동시에 중국의 고전을 소재로 작품을 쓰게 했던 것이다.

중국 고전 계열의 작품 중에서도 이 책에 수록된 〈이능〉과 〈산월기〉는 일본 문단에서 나카지마 소설의 최고봉으로 일컬어지고 있다. 일본의 문학평론가 우스이 요시미(臼井吉見)는 이 두 작품을 다음과 같이 평하고 있다.

아무도 모르는 깊은 산중, 혹은 높은 나뭇가지 끝에 피어 있는, 작지만 순수하고 고운 빛깔의 두 송이의 꽃과 같은 〈이능〉과 〈산월기〉를 남긴 것만으로도 나카지마 아쓰시는 문학을 사랑하는 몇몇 사람들의 가슴속에 살아 숨쉬고 있을 것임에 틀림없다.

함께 수록된 〈명인전〉, 〈제자〉 역시 나카지마의 인간관을 엿볼 수 있는 개성 있는 작품이라고 할 수 있겠다. 특히 〈제자〉에서는 우리에게도 잘 알려진 공자의 제자 중 가장 인간미 넘치는 자로라는 인물을 시종 따뜻한 시선으로 바라보는 나카지마의 자세가 느껴진다.

번역 작업은 길고 어려웠다. 간결하면서도 한문투인 어려운 문장을 우리 정서에 맞게, 그러면서도 작가의 의도에 어긋나지 않게 말을 바꾸는 작업이 생각만큼 쉽지 않았다. 많은 분들의 도움을 빌려서야 이 일을 해낼 수 있었다. 특히 한시(漢詩)를 비롯한 많은 부분을 손질해 주신 신영복 선생님의 윤색이 이 글의 제모습을 찾게 해준 듯하다.

이 작업을 하는 동안 하나하나의 작품 속에서 만난 역사 속의 인물들은, 오늘을 사는 우리가 해야 할 일 그리고 할 수 있는 일이 과연 무엇인가 하는 문제 제기와 함께 역자로 하여금 일종의 사명감마저 느끼게 해주었다. 자신의 운명을 그대로 받아들이지 못하고 괴로워하는 그 사람들의 처지가 마치 자신의 것인 양 함께 흥분하며 열기에 휩싸였던 감동적인 만남은 오래도록 역자의 기억 속에서 떠나지 않을 것이다.

끝으로, 이 책이 나오기까지 처음부터 도움과 수고를 아끼지 않아 주신 모든 분들, 특히 다섯수레의 편집부 식구들, 김상일, 조선영 선생께 감사드린다.

1993년 6월

역사 속에서 걸어 나온 사람들

초판 1쇄 발행 | 1993년 7월 25일
개정판 1쇄 발행 | 2004년 4월 15일
개정판 9쇄 발행 | 2021년 6월 15일

지은이 | 나카지마 아쓰시
옮긴이 | 명진숙
그린이 | 이철수
감수 | 신영복

펴낸이 | 김태진
펴낸곳 | 다섯수레
등록번호 | 제3-213호
등록일자 | 1988년 10월 13일
주소 | 경기도 파주시 광인사길 193 (문발동) (우 10881)
전화 | 02)3142-6611(서울 사무소)   팩스 | 02)3142-6615
홈페이지 | www.daseossure.co.kr
전자우편 | webmaster@daseossure.co.kr

디자인 | 박정은
인쇄 · 제본 | (주)상지사피앤비